全新

專為華人設計的法語教材

自學法語
看完這本就能說！

字母＋發音＋文法＋單字＋會話一次學會！

全MP3一次下載

http://booknews.com.tw/mp3/9786269724444.htm

Features
本書特色

　　本書分為四個章節。第一章「發音課‧法語字母與發音規則」在簡單介紹法語字母之後,接著講解法語每個音的發音要訣,並附上側面口型圖、真人口型圖、代表性的例子,並讓讀者在單字中練習字母的發音。

　　第二章「文法課‧基礎文法與構句」借助心智圖及表格等,彙整最基礎的文法與句子結構,講解由淺入深,符合學習規律。

　　第三章「單字課‧最常用的分類單字」將日常生活中常用的詞彙進行歸納,並以心智圖呈現,有效達到單字量的長期記憶。

　　第四章「短句&會話課‧日常短句與情境會話」涵蓋最道地的法語日常會話情境,每個場景下配有使用最頻繁的短句及其同義句、反義句、問句等相關的句子,每個場景並另外配有 2 組會話。在學習完短句與會話之後,頁面下方的文法解說和文化連結專欄,將有助於讓讀者的法語學習更加全面,更具實際意義。

　　本書特色如下。

◎ 內容全面,一本搞定多種科目的法語學習書

　　本書規劃了法語發音、基本文法、常用單字、情境會話這些章節,結合心智圖來幫助理解與記憶,適合初學者、自學者快速入門。

◎ 搭配心智圖、表格及例句,法語文法一學就會

　　在文法章節中,依照先講解詞性、後講解句子結構的順序,由淺入深,逐一說明常見文法點。搭配心智圖和實用例句,告別全文字枯燥的學習模式。

◎ **依主題分類，串聯式記憶大量法語單字**

　　嚴選最生活化的 25 個主題，收錄 1000 多個常用單字，利用心智圖串聯式記憶，達到長期記憶的效果。

◎ **依實際場景分類，列舉常用短句和對話，日常交流沒問題**

　　嚴選 16 個最常用的日常生活場景，利用聯想記憶的方法，每個主題句下方再搭配同義句、反義句、問句、答句來進行聯想記憶，達到舉一反三的效果，讓您在任何場合下都能游刃有餘地用法語進行交流。另外，每個場景後設置「文法說明」和「文化連結」欄位，作為對正文各小節內容的補充，為您營造更加真實的學習氛圍。

如何使用 這本書

逐音分類系統式教學
心智圖聯想常用單字
零基礎也能輕鬆學法語！

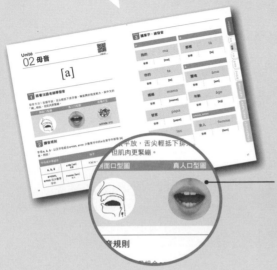

01 | 法語發音真的好簡單

沒學過法語，也能輕鬆說出口

　　為完全沒有任何法語基礎的人設計，搭配 QR 碼音檔及口腔發聲位置圖，從最基本的子音、母音到半母音，每個音只要跟著唸就學會。搭配相關練習單字與國際音標，打好法語發音基礎。

02 | 法語單字輕鬆記

初學法語，這些單字就夠了！

　　以心智圖的方式呈現，依主題囊括了常用與專門的單字，不論是用在日常生活，或是用在特殊話題，這些單字都能發揮出實用性。

　　以心智圖的方式呈現，依主題囊括了常用與專門的單字，不論是用在日常生活，或是用在特殊話題，這些單字都能發揮出實用性。

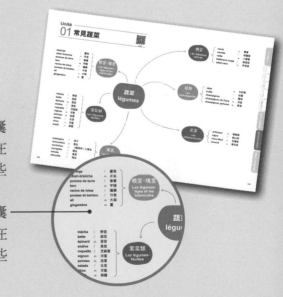

03 | 基礎文法體系徹底整理

再多學一點，實力就從這裡開始！

　　用最濃縮、統整的方式，將所有初級到中級必須知道的文法概念整理起來。你可以從表格清楚了解各種動詞變化，並且學到生活中用得上的多樣句型。

04 | 什麼狀況都能套用的常用短句

從單句快速累積會話實力

　　在會話單元中，先提供最常用的情境短句、同反義句與衍生句，輔以簡單的說明，讓你從基礎開始學習，累積溝通實力。

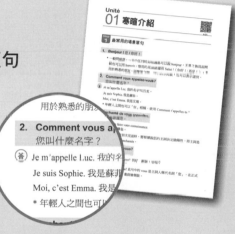

05 | 場景式生活會話

隨時隨地都能用法語聊天

(1) 真實情境模擬會話

　　精選 16 個貼近生活的主題，包括寒暄介紹、電話交流、餐廳用餐、飯店住宿…等，法語圈的母語人士日常生活會用到的會話都在這裡！

(2) 文法說明、文化連結

　　貼心的文法及文化補充，讓你更了解法國人以及法語圈母語人士的語言與文化。

CONTENTS 目錄

1 發音課
法語字母與發音規則

2 文法課
基礎文法與構句

3

單字課
最常用的分類單字

4　短句 & 會話課
日常短句與情境會話

詞性縮寫&標示說明

adj.	adjectif	形容詞
adv.	adverbe	副詞
conj.	conjonction	連接詞
ind.	indicatif	直陳式
inf.	infinitif	不定式
interj.	interjection	感嘆詞
loc. adv.	locution adverbial	副詞片語
n.	nom	名詞
f.	féminin	陰性名詞
m.	masculin	陽性名詞
pl.	plural	複數名詞
prép.	préposition	介系詞
pron.	pronom	代名詞
subj.	subjonctif	虛擬式
v.	verbe	動詞
v.i.	verbe intransitif	不及物動詞
v.pr.	verbe pronominal	反身動詞
v.t.	verbe transitif	及物動詞
v.t.dir.	verbe transitif direct	直接及物動詞
v.t.indir.	verbe transitif indirect	間接及物動詞
qch.	quelque chose	某事物
qn.	quelqu'un	某人

同 同義的表達

答 回答的方式

類 相關的表達

反 反義的表達

發音課
法語字母與發音規則

01 法語簡介&法語字母表

　　法語（le français）屬於印歐語系羅曼語族西支，起源於拉丁語。目前，法語是世界上第二通用的語言，一方面是由於法語使用人數眾多（據統計，全世界約有1億人以法語為母語，近 2.8 億人把法語作為第二語言），另一方面是因為法語措辭嚴謹，成為許多國際組織或地區組織（如聯合國、歐盟等）的語言。

　　學習法語要從發音開始，音素是語音的最小單位。法語有 36 個音素，即 11 個母音、4 個鼻母音、17 個子音和 3 個半母音。我們通常是用音標來記錄音素。音標須寫在方括號內，每個音標就代表一個音素。法語共有 26 個字母，其中母音字母有 6 個，分別是 Aa, Ee, Ii, Oo, Uu, Yy，其餘都是子音字母。

　　法語和英語、中文的不同之處在於法語沒有雙母音，發每個母音時嘴型都不滑動，尤其要注意發鼻音化母音時，不能像念中文韻母那樣有延續、拉長音、嘴型滑動的動作。

　　與英語相比，法語多出了幾個變音符號，與字母同時使用，有時是用來表示不同的發音，有時候只是區別不同的意義：

　　長音符 ^ 通常用在字母 e 上，此時該字母的發音固定為 [ɛ]，如 être 發音為[ɛtr]；分音符 ¨ 可和多個母音字母組合，表示在單字中，這個母音字母不能跟前面的母音字母構成一個字母組合，而要分別發音；閉口音符 ` 只用在字母 e 上，表示這個字母的發音為 [e]；開口音符 ` 用在字母 e 上，表示這個字母發 [ɛ] 音；用在其他字母上以區分不同的意義，如 ou 是「或者」的意思，而 où 則是「哪裡」的意思。兩個單字的發音完全一樣，只是多了一個符號，但是完全不同的意思。

以下附法語字母表。

字母與發音

字母

母音

子音

半母音

語音知識

基礎文法與構句

最常用的分類單字

日常短句與情境會話

字母	字母發音	字母	字母發音
A a	[a]	N n	[ɛn]
B b	[be]	O o	[o]
C c	[se]	P p	[pe]
D d	[de]	Q q	[ky]
E e	[ə]	R r	[ɛ:r]
F f	[ɛf]	S s	[ɛs]
G g	[ʒe]	T t	[te]
H h	[aʃ]	U u	[y]
I i	[i]	V v	[ve]
J j	[ʒi]	W w	[dubləve]
K k	[ka]	X x	[iks]
L l	[ɛl]	Y y	[igrɛk]
M m	[ɛm]	Z z	[zɛd]

　　法語中的字母和發音是兩個不同的概念，學習法語發音時要分清楚母音字母和母音，子音字母和子音。一個字母有多個發音，一個發音也可以由不同的字母及字母組合構成。法語的字母與發音之間有一定規律。一般來說，只要記住發音規則，就可以不用法文音標，直接讀出單字。語音是學習外語的基礎，因此，正確地發好每一個音、記好常見的讀音規則，對之後的學習十分關鍵。

Unité

02 母音

[a]

Step 1 跟著法語老師學發音

發音方法 〉舌頭平放，舌尖輕抵下排牙齒，嘴張開的程度較大。與中文的「啊」相似，但肌肉更緊繃。

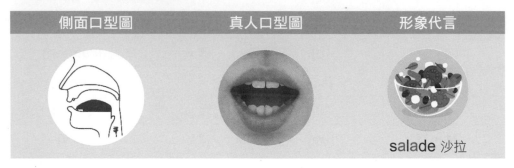

側面口型圖	真人口型圖	形象代言
		salade 沙拉

Step 2 讀音規則

字母a, à, â，以及字母組合e+mm, e+nn 少數單字中的e在單字中都發 [a] 音。例如：

字母或字母組合	例子		
a, à, â	**salle** [sal] 客廳	**à** [a] 在…	**théâtre** [teatr] 劇院
e+mm, **e+nn** 在少數單字中	**femme** [fam] 女人	**solennel** [sɔlanɛl] 莊嚴的	

a

我的	ma
音標	[ma]

你的	ta
音標	[ta]

媽媽	mama
音標	[mama]

爸爸	papa
音標	[papa]

湖	lac
音標	[lak]

鳳梨	ananas
音標	[anana]

à

那裡	là
音標	[la]

â

靈魂	âme
音標	[am]

年齡	âge
音標	[aʒ]

e+mm, e+nn

女人	femme
音標	[fam]

字母與發音

字母

母音

子音

半母音

語音知識

基礎文法與構句

最常用的分類單字

日常短句與情境會話

[ɛ]

Step 1 跟著法語老師學發音

發音方法〉開口度略小於[a]。舌尖輕抵下排牙齒，舌面稍微向上顎抬起，唇形扁圓，發音時嘴張開的程度略大於 [e]。發音類似中文的「哎」。

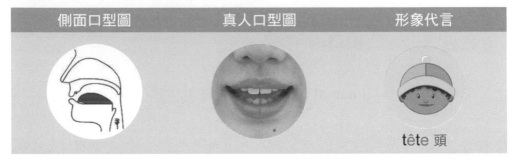

側面口型圖	真人口型圖	形象代言

tête 頭

Step 2 讀音規則

字母 è, ê 及字母組合 ai, ei 等在單字中讀[ɛ]。例如：

字母或字母組合	例子		
è, ë, ê	**lèvre** [lɛvr] 嘴唇	**Israël** [israɛl] 以色列	**rêve** [rɛv] 夢
ai, aî, ei	**aide** [ɛd] 幫助	**connaître** [kɔnɛtr] 認識	**seize** [sɛz] 十六
e 在閉音節或兩個相同字母前	**bec** [bɛk] 鳥嘴	**sel** [sɛl] 鹽	**belle** [bɛl] 美的
字母組合 **et** 在字尾	**cadet** [kadɛ] 較年幼的	**navet** [navɛ] 蕪菁	**paquet** [pakɛ] 一包，一盒

字母與發音

字母

母音

子音

半母音

語音知識

基礎文法與構句

最常用的分類單字

日常短句與情境會話

Step 3 讀單字，練發音

è

父親	père
音標	[pɛr]

母親	mère
音標	[mɛr]

ë

耶誕節	Noël
音標	[nɔɛl]

ê

是	être
音標	[ɛtr]

ai

但是	mais
音標	[mɛ]

aî

主人，教師	maître
音標	[mɛtr]

ei

塞納河	Seine
音標	[sɛn]

e 在閉音節或兩個相同字母前

謝謝	merci
音標	[mɛrsi]

她	elle
音標	[ɛl]

字母組合 et 在字尾

票	ticket
音標	[tikɛ]

1-02-03

[e]

跟著法語老師學發音

發音方法〉舌尖抵下排牙齒，舌頭後端向上顎抬起。嘴角略拉向兩邊，唇形扁平，開口度略小於[ɛ]，稍大於 [i]。肌肉緊繃，發音時口型不變化或滑動。

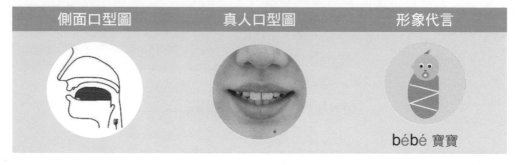

側面口型圖	真人口型圖	形象代言
		bébé 寶寶

讀音規則

字母 é 及字母組合 es、er、ez 等在單字中的特定位置時，發[e]音。例如：

字母或字母組合	例子		
é	**blé** [ble] 小麥	**égal** [egal] 平等的	**épée** [epe] 劍
字母組合 **es** 在 單音節單字中	**les** [le] 他／她們（直接受詞）	**mes** [me] 我的（複數）	**ses** [se] 他／她的（複數）
字母組合 **er, ez** 在字尾	**visiter** [vizite] 參觀；拜訪	**parler** [parle] 說話；交談	**chez** [ʃe] 在…家裡

字母與發音

字母

母音

子音

半母音

語音知識

基礎文法與構句

最常用的分類單字

日常短句與情境會話

é

鑰匙	clé
音標	[kle]

咖啡	café
音標	[kafe]

夏天	été
音標	[ete]

字母組合 es 在單音節單字中

你的（複數）	tes
音標	[te]

這些	ces
音標	[se]

字母組合 er, ez 在字尾

去	aller
音標	[ale]

喜歡	aimer
音標	[ɛme]

聊天	bavarder
音標	[bavarde]

鼻子	nez
音標	[ne]

足夠	assez
音標	[ase]

[i]

Step 1 跟著法語老師學發音

發音方法〉舌尖抵下排牙齒，舌頭後端盡量靠近上顎。嘴唇扁平，嘴角分別拉向兩邊，開口程度小於[e]。發音時氣流從舌面上部送出，震動聲帶發出類似中文「一」的音。

側面口型圖	真人口型圖	形象代言
		idée 想法

Step 2 讀音規則

字母 i、î、ï 及 y 在單字中發 [i] 音。例如：

字母或字母組合	例子		
i, î, ï	**kaki** [kaki] 柿子；黃褐色的	**île** [il] 島嶼	**égoïste** [egɔist] 自私的；自私的人
y	**analyser** [analize] 分析；概述	**Fanny** [fani] 法妮	**lyre** [lir] 里拉琴

字母與發音

字母

母音

子音

半母音

語言知識

基礎文法與構句

最常用的分類單字

日常短句與情境會話

i

如果	si
音標	[si]

誰	qui
音標	[ki]

他	il
音標	[il]

床	lit
音標	[li]

任務	mission
音標	[misjɔ̃]

巢，穴	nid
音標	[ni]

î

島	île
音標	[il]

晚餐	dîner
音標	[dine]

ï

天真的	naïf
音標	[naif]

玉米	maïs
音標	[mais]

y

類型	type
音標	[tip]

風格	style
音標	[stil]

Unité
02 母音

[u]

Step 1 跟著法語老師學發音

發音方法〉嘴唇突出縮小呈圓形，開口程度小於 [o]，舌尖微向後縮，舌後部微向上抬起，發出似ㄨ的音。

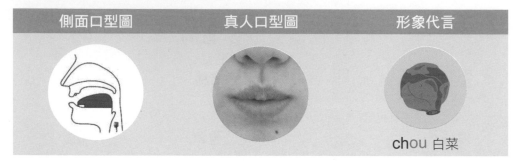

| 側面口型圖 | 真人口型圖 | 形象代言 |

chou 白菜

Step 2 讀音規則

字母組合 ou、où、oû 在單字中發[u]音。例如：

字母或字母組合	例子		
ou	**route** [rut] 道路	**loup** [lu] 狼	**sous** [su] 在…之下
où	**où** [u] 哪裡		
oû	**voûte** [vut] 拱門	**coûter** [kute] 花費	**soûler** [sule] 使頭昏腦漲

Step 3 讀單字，練發音

ou

我們	nous
音標	[nu]

你們	vous
音標	[vu]

一切	tout
音標	[tu]

脖子	cou
音標	[ku]

熊	ours
音標	[urs]

日子	jour
音標	[ʒur]

湯	soupe
音標	[sup]

où

哪裡	où
音標	[u]

oû

口味	goût
音標	[gu]

成本	coût
音標	[ku]

02 母音

1-02-06

[y]

Step 1 跟著法語老師學發音

發音方法〉舌尖輕輕抵住下排牙齒內側，開口程度極小，嘴張開的程度與發 [u] 音時相同，要注意發音時肌肉緊繃，嘴唇突出呈圓形，發出近似ㄩ的音。

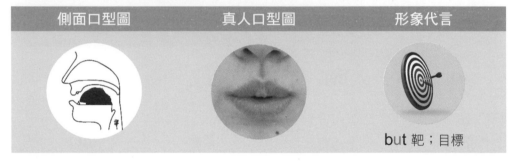

側面口型圖	真人口型圖	形象代言

but 靶；目標

Step 2 讀音規則

字母 u、û 在單字中發 [y] 音。例如：

字母或字母組合	例子		
u 前後沒有除了 e 之外的其他母音，或單獨的 n 或 m 時	**sur** [syr] 在…上面	**pur** [pyr] 純潔的	**super** [sypɛr] 極好的
	menu [məny] 菜單	**uni** [yni] 聯合的	**rue** [ry] 街道
û 前後沒有其他母音時	**mûre** [myr] 成熟的；桑葚	**dû** [dy] 欠下的；歸因於	**brûler** [bryle] 焚燒

Step 3 讀單字，練發音

字母

母音

子音

半母音

語音知識

基礎文法與構句

最常用的分類單字

日常短句與情境會話

u 前後沒有除了 e 之外的其他母音，或 n, m 時

牆	mur
音標	[myr]

未來	futur
音標	[fytyr]

分鐘	minute
音標	[minyt]

音樂	musique
音標	[myzik]

號碼	numéro
音標	[nymero]

雕像	statue
音標	[staty]

大學	université
音標	[ynivɛrsite]

眼鏡	lunettes
音標	[lynɛt]

û 前後沒有其他母音時

確定的	sûr
音標	[syr]

笛子	flûte
音標	[flyt]

1-02-07

[œ]

跟著法語老師學發音

發音方法〉 發音時舌尖輕抵下排牙齦內側，舌頭後端略抬起，開口程度類似 [ɛ] 音，嘴唇突出呈圓形。相比於注音ㄜ，發 [œ] 音時嘴張開的程度更大。

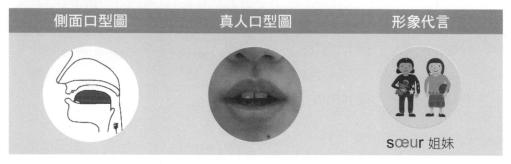

側面口型圖	真人口型圖	形象代言

sœur 姐妹

讀音規則

字母組合 eu、œu 在單字中發 [œ] 音。例如：

字母或字母組合	例子		
eu	**jeune** [ʒœn] 年輕的	**labeur** [labœr] 努力工作	**immeuble** [imœbl] 大樓
	déjeuner [deʒœne] 午餐	**aveugle** [avœgl] 失明的	**beurre** [bœr] 奶油
œu	**œuvre** [œvr] 工作，勞動	**manœuvrer** [manœvre] 操作，演習	**sœur** [sœr] 姐姐，妹妹

Step 3 讀單字，練發音

eu

花	fleur
音標	[flœr]

江河	fleuve
音標	[flœv]

獨自的	seul
音標	[sœl]

小時	heure
音標	[œr]

演員	acteur
音標	[aktœr]

他們的	leur
音標	[lœr]

œu

心	cœur
音標	[kœr]

眼睛；目光	œil
音標	[œj]

牛	bœuf
音標	[bœf]

雞蛋	œuf
音標	[œf]

[ø]

跟著法語老師學發音

發音方法〉發 **[ø]** 音時嘴張開的程度小於[e] 音。舌尖輕抵下排牙齒內側，舌頭後端微微抬起，發音時嘴唇肌肉緊繃，嘴唇突出呈圓形，發近似「餓」音。

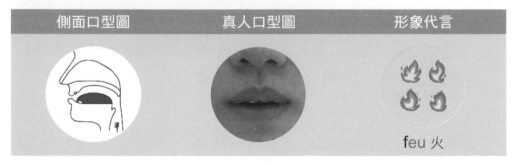

| 側面口型圖 | 真人口型圖 | 形象代言 |

feu 火

讀音規則

字母組合 eu、œu 等在單字特定位置時發 **[ø]** 音。例如：

字母或字母組合	例子		
eu, œu 在字尾開音節單字中	**peu [pø]** 少量	**ceux [sø]** 這些	**vœu [vø]** 願望
eu 在 [z][d][t] 的發音前	**danseuse [dɑ̃søz]** 女舞者	**heureuse [œrøz]** 幸福的	**yeux [jø]** 眼睛（複數）
	chanteuse [ʃɑ̃tøz] 女歌手	**ameuter [amøte]** 聚集	**neutre [nøtr]** 中性的

Step 3 讀單字，練發音

eu, œu 在字尾開音節單字中

遊戲	jeu
音標	[ʒø]

二	deux
音標	[dø]

有利的	avantageux
音標	[avãtaʒø]

結	nœud
音標	[nø]

好運的	chanceux
音標	[ʃãsø]

牛（複數）	bœufs
音標	[bø]

嚴肅的	sérieux
音標	[serjø]

知名的	fameux
音標	[famø]

eu 在 [z][d][t] 的發音前

週四	jeudi
音標	[ʒødi]

女售貨員	vendeuse
音標	[vãdøz]

雞蛋（複數）	œufs
音標	[ø]

[ə]

Step 1 跟著法語老師學發音

發音方法〉 舌頭自然放平,嘴唇突出呈圓形,比 [o] 音稍大。發音時注意不要捲舌,也不要抬起舌根,發出類似ㄜ的音。

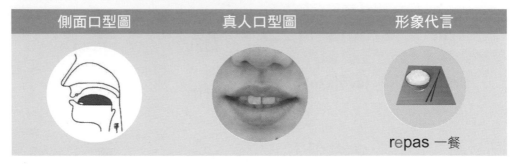

側面口型圖	真人口型圖	形象代言
		repas 一餐

Step 2 讀音規則

字母 e 在單字特定位置時發 [ə] 音。例如:

字母或字母組合	例子		
e 在單音節字尾	**le** [lə] 這個,那個	**ne** [nə] 不	**me** [mə] 我(受詞)
e 在字首開音節	**lever** [ləve] 舉起	**recherche** [rəʃɛrʃ] 尋找	**devoir** [dəvwar] 應該
e 在「子子 e 子」字母組合中	**mercredi** [mɛrkrədi] 週三	**appartement** [apartəmɑ̃] 公寓	**parlement** [parləmɑ̃] 議會

Step 3 讀單字，練發音

e 在單音節字尾

我	je
音標	[ʒə]

…的	de
音標	[də]

e 在字首開音節

鐵路	chemin
音標	[ʃəmɛ̃]

（一）週	semaine
音標	[səmɛn]

襯衫	chemise
音標	[ʃəmiz]

小的	petit
音標	[pəti]

套餐	menu
音標	[məny]

一半的	demi
音標	[dəmi]

詢問； 要求	demander
音標	[dəmɑ̃de]

e 在「子子 e 子」字母組合中

週五	vendredi
音標	[vɑ̃drədi]

部門	département
音標	[departəmɑ̃]

Unité

02 母音

[ɔ]

Step 1 跟著法語老師學發音

發音方法〉雙唇突出呈圓形，嘴張開的程度較大。注意肌肉緊繃，口型保持不變，也不要滑動。

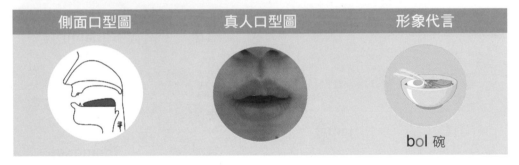

側面口型圖	真人口型圖	形象代言
		bol 碗

Step 2 讀音規則

字母 o 及字母組合 au 在單字中發 [ɔ] 音。例如：

字母或字母組合	例子		
o	**obéir** [ɔbeir] 順從	**fort** [fɔr] 強壯的	**dormir** [dɔrmir] 睡覺
字母組合 **au** 在 **[r]** 音前及少數單字中	**laurier** [lɔrje] 月桂樹	**restaurant** [rɛstɔrã] 餐廳	**aurore** [ɔrɔr] 曙光
	saurer [sɔre] 煙燻	**taureau** [tɔro] 公牛	**laure** [lɔːr] 修道院

字母與發音

字母

母音

子音

半母音

語音知識

基礎文法與構句

最常用的分類單字

日常短句與情境會話

Step 3 讀單字，練發音

o

門	porte
音標	[pɔrt]

在⋯時候	lors
音標	[lɔr]

人	homme
音標	[ɔm]

番茄	tomate
音標	[tɔmat]

胡蘿蔔	carotte
音標	[karɔt]

蘋果	pomme
音標	[pɔm]

北方	nord
音標	[nɔr]

巧克力	chocolat
音標	[ʃɔkɔla]

字母組合 au 在 [r] 音前及少數單字中

保羅	Paul
音標	[pɔl]

權力	autorité
音標	[ɔtorite]

富爾	Faure
音標	[fɔr]

02 母音

1-02-11

[o]

Step 1 跟著法語老師學發音

發音方法〉嘴唇突出縮小呈圓形，且肌肉是緊繃狀態。[o] 的嘴巴張開程度小於 [ɔ]。

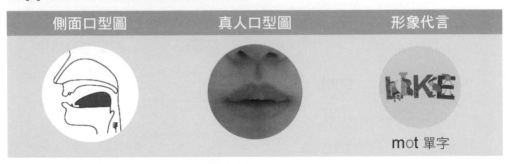

| 側面口型圖 | 真人口型圖 | 形象代言 |

mot 單字

Step 2 讀音規則

字母 o、ô 及字母組合 au、eau 在單字中發 [o] 音。例如：

字母或字母組合	例子		
o 在字尾開音節或 **[z]** 音前	**solo** [sɔlo] 獨唱	**stylo** [stilo] 筆	**chose** [ʃoz] 事物
ô	**allô** [alo] 喂	**nôtre** [notr] 我們的	**rôle** [rol] 角色
au, eau	**chaud** [ʃo] 熱的	**jaune** [ʒon] 黃色的	**tableau** [tablo] 圖畫

Step 3 讀單字，練發音

o 在字尾開音節或 [z] 音前

照片	photo
音標	[fɔto]

自行車	vélo
音標	[velo]

玫瑰	rose
音標	[roz]

敢	oser
音標	[oze]

ô

飯店	hôtel
音標	[otɛl]

早地	tôt
音標	[to]

au, eau

也	aussi
音標	[osi]

左	gauche
音標	[goʃ]

漂亮的	beau
音標	[bo]

蛋糕	gâteau
音標	[gato]

Unité

02 鼻母音

1-02-12

[ɑ̃]

Step 1 跟著法語老師學發音

發音方法〉發音時嘴型及舌頭位置近似於母音 [a]，嘴唇突出，張開的程度略大，舌頭向後縮，氣流同時從鼻腔和口腔流出。

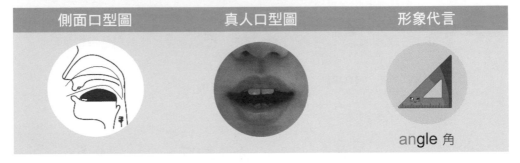

| 側面口型圖 | 真人口型圖 | 形象代言 |

angle 角

Step 2 讀音規則

字母組合 an、am、en、em 在單字中發 [ɑ̃] 音。例如：

字母或字母組合	例子		
an, am（後面沒有其他母音或 **n** 或 **m**）	**sang** [sɑ̃] 血	**chanson** [ʃɑ̃sɔ̃] 歌曲	**champ** [ʃɑ̃] 田地；領域
en, em（後面沒有其他母音或 **n** 或 **m**）	**encore** [ɑ̃kɔr] 仍然	**emploi** [ɑ̃plwa] 職業	**temps** [tɑ̃] 時間
	remplir [rɑ̃plir] 裝滿	**accident** [aksidɑ̃] 意外，偶然	**lendemain** [lɑ̃dmɛ̃] 次日，翌日

字母與發音

字母

母音

子音

半母音

語音知識

基礎文法與構句

最常用的分類單字

日常短句與情境會話

Step 3 讀單字，練發音

an, am（後面沒有其他母音或 n, m）		en, em（後面沒有其他母音或 n, m）	
大衣	manteau	孩子	enfant
音標	[mãto]	音標	[ãfã]
天使	ange	牙齒	dent
音標	[ãʒ]	音標	[dã]
銀行	banque	百	cent
音標	[bãk]	音標	[sã]
房間	chambre	寺廟	temple
音標	[ʃãbr]	音標	[tãpl]
燈	lampe	成員	membre
音標	[lãp]	音標	[mãbr]
		然而，但是	cependant
		音標	[səpãdã]

02 母音

1-02-13

$[\tilde{ɔ}]$

Step 1　跟著法語老師學發音

發音方法〉舌尖不抵下排牙齒，發音方式與發 [o] 音類似，嘴唇突出呈圓形，氣流同時從口腔和鼻腔流出。

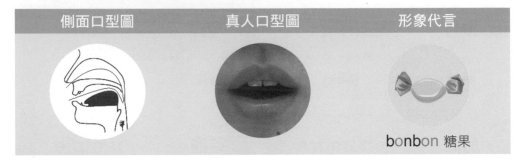

側面口型圖	真人口型圖	形象代言

bonbon 糖果

Step 2　讀音規則

字母組合 on、om 在單字中發 [ɔ̃] 音。例如：

字母或字母組合	例子		
on	**on** [ɔ̃] 人們	**font** [fɔ̃] （主詞為 ils/elles）做	**long** [lɔ̃] 長的
om	**tomber** [tɔ̃be] 掉落	**pompe** [pɔ̃p] 泵	**sombre** [sɔ̃br] 陰暗的
	bombance [bɔ̃bɑ̃s] 盛宴	**ombre** [ɔ̃br] 陰影，樹蔭	**dompter** [dɔ̃te] 馴服

字母與發音

字母

母音

子音

半母音

語音知識

基礎文法與構句

最常用的分類單字

日常短句與情境會話

Step 3 讀單字，練發音

on	
你好	bonjour
音標	[bɔ̃ʒur]
伯伯（叔叔，舅舅）	oncle
音標	[ɔ̃kl]
橋	pont
音標	[pɔ̃]
房屋	maison
音標	[mɛzɔ̃]
音調，語氣	ton
音標	[tɔ̃]
靠著	contre
音標	[kɔ̃tr]

om	
墓	tombe
音標	[tɔ̃b]
姓名，姓	nom
音標	[nɔ̃]
名	prénom
音標	[prenɔ̃]
代名詞	pronom
音標	[prɔnɔ̃]
炸彈	bombe
音標	[bɔ̃b]
數字	nombre
音標	[nɔ̃br]

Unité
02 母音

$$[\tilde{\varepsilon}]$$

Step 1 跟著法語老師學發音

發音方法〉發音時舌尖輕抵下排牙齒，嘴型扁圓，發音方法及開口程度同 [ε]，但氣流同時從鼻腔和口腔流出。注意，嘴型不要滑動。

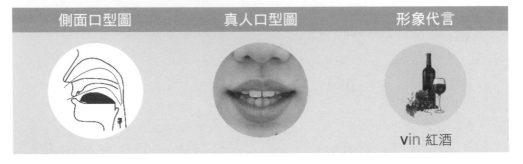

| 側面口型圖 | 真人口型圖 | 形象代言 |

vin 紅酒

Step 2 讀音規則

字母組合 in、im、yn、ym、ain、aim、ein 在單字中發 [ɛ̃] 音。例如：

字母或字母組合	例子		
in, im（後面沒有其他母音或 **n** 或 **m**）	**lin** [lɛ̃] 亞麻	**jardin** [ʒardɛ̃] 花園	**impossible** [ɛ̃pɔsibl] 不可能的
yn, ym（後面沒有其他母音或 **n** 或 **m**）	**synthèse** [sɛ̃tɛz] 概括	**sympathique** [sɛ̃patik] 給人好感的	**symptôme** [sɛ̃ptom] 症狀
ain, aim, ein（後面沒有其他母音或 **n** 或 **m**）	**certain** [sɛrtɛ̃] 確定的	**daim** [dɛ̃] 鹿	**peinture** [pɛ̃tyr] 繪畫

字母與發音

字母

母音

子音

半母音

語彙知識

基礎文法與構句

最常用的分類單字

日常短句與情境會話

讀單字，練發音

in, im（後面沒有其他母音或 n 或 m）

堅持	insister
音標	[ɛ̃siste]

早上	matin
音標	[matɛ̃]

郵票	timbre
音標	[tɛ̃br]

簡單的	simple
音標	[sɛ̃pl]

yn, ym（後面沒有其他母音或 n 或 m）

工會	syndicat
音標	[sɛ̃dika]

象徵	symbole
音標	[sɛ̃bɔl]

ain, aim, ein（後面沒有其他母音或 n 或 m）

手	main
音標	[mɛ̃]

麵包	pain
音標	[pɛ̃]

饑餓	faim
音標	[fɛ̃]

腰帶	ceinture
音標	[sɛ̃tyr]

嘆氣	geindre
音標	[ʒɛ̃dr]

臉的膚色	teint
音標	[tɛ̃]

Unité
02 母音

$$[\tilde{œ}]$$

Step 1 跟著法語老師學發音

發音方法〉發音方法、嘴張開的程度與舌頭位置類似 [œ] 音，嘴唇呈圓形，氣流同時從鼻腔和口腔流出。在現代法語中，[œ̃] 有逐步被 [ɛ̃] 替代的趨勢。

側面口型圖	真人口型圖	形象代言

un —

Step 2 讀音規則

字母組合 un、um 在單字中發 [œ̃] 音。例如：

字母或字母組合	例子		
un（後面沒有其他母音或 **n** 或 **m**）	**lundi** [lœ̃di] 週一	**chacun** [ʃakœ̃] 每個人	**défunt** [defœ̃] 已故的
	brun [brœ̃] 褐色的，棕色的	**jungle** [ʒœ̃gl] 叢林	**emprunt** [ãprœ̃] 借入
um（後面沒有其他母音或 **n** 或 **m**）	**humble** [œ̃bl] 謙虛的	**parfum** [parfœ̃] 香水	

Step 3 讀單字，練發音

un（後面沒有其他母音或 n 或 m）		um（後面沒有其他母音或 n 或 m）	
一	**un**	香水	**parfum**
音標	**[œ̃]**	音標	**[parfœ̃]**
任何的	**aucun**	謙虛的	**humble**
音標	**[okœ̃]**	音標	**[œ̃bl]**
褐色的，棕色的	**brun**	餃子	**dumpling**
音標	**[brœ̃]**	音標	**[dœ̃mplin]**
共同的	**commun**		
音標	**[kɔmœ̃]**		
某個人	**quelqu'un**		
音標	**[kɛlkœ̃]**		
借入	**emprunter**		
音標	**[ɑ̃prœ̃te]**		

Unité
03 子音

[p]

跟著法語老師學發音

發音方法〉發音時嘴唇合攏，接著突然張開發音，口腔內受阻的氣流要很快送出，聲帶不振動。[p] 音在母音前不送氣，在音節末或子音前要送氣。

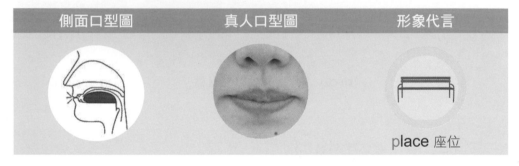

側面口型圖	真人口型圖	形象代言
		place 座位

讀音規則

字母 p 在單字中發 [p] 音。例如：

字母或字母組合	例子		
p	**père** [pɛr] 父親	**plaire** [plɛr] 使高興	**grippe** [grip] 流感

Step 3　讀單字，練發音

路過	passer		桌布	nappe
音標	[pase]		音標	[nap]

和平	paix		馬鈴薯	patate
音標	[pɛ]		音標	[patat]

打電話	appel		丟失	perdre
音標	[apɛl]		音標	[pɛrdr]

假定	supposer		李子	prune
音標	[sypoze]		音標	[pryn]

放，安置	poser		乾淨的	propre
音標	[poze]		音標	[prɔpr]

人民	peuple		夥伴	copain
音標	[pœpl]		音標	[kɔpɛ̃]

Unité
03 子音

1-03-02

[b]

跟著法語老師學發音

發音方法〉與 [p] 相對應的 [b]，口型類似 [p] 音，但發音位置靠近喉嚨，需震動聲帶。

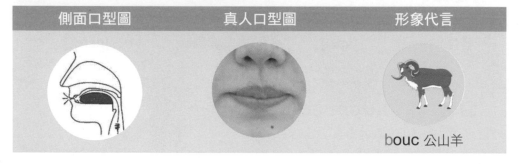

| 側面口型圖 | 真人口型圖 | 形象代言 |

bouc 公山羊

讀音規則

字母 b 在單字中發 [b] 音。例如：

字母或字母組合	例子		
b	**boa** [bɔa] 蟒蛇	**label** [labɛl] 標籤	**abbé** [abe] 神父
	bas [ba] 低的	**bébé** [bebe] 嬰兒	**beau** [bo] 漂亮的
	besoin [bəzwɛ̃] 需要	**bateau** [bato] 船	**boîte** [bwat] 盒子

竹子	bambou		嘴	bouche
音標	[bãbu]		音標	[buʃ]

金色	blond		美人	belle
音標	[blɔ̃]		音標	[bɛl]

連身裙	robe		手鍊	bracelet
音標	[rɔb]		音標	[braslɛ]

火腿	jambon		舞會	bal
音標	[ʒãbɔ̃]		音標	[bal]

藍色	bleu		鬍子	barbe
音標	[blø]		音標	[barb]

活動的	mobile
音標	[mɔbil]

字母與發音

字母

母音

子音

半母音

語音知識

基礎文法與構句

最常用的分類單字

日常短句與情境會話

[t]

Step 1 跟著法語老師學發音

發音方法〉發 [t] 時，舌尖抵住上齒齦內側，先讓氣流受阻，之後鬆開舌頭同時讓氣流送出，聲帶不振動。[t]在母音前不送氣，在音節末或子音前要送氣。

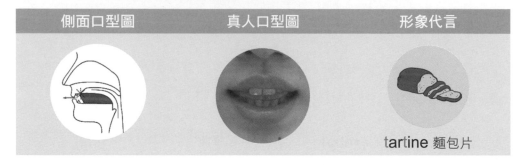

| 側面口型圖 | 真人口型圖 | 形象代言 |

tartine 麵包片

Step 2 讀音規則

字母 t 及字母組合 th 在單字中發 [t] 音。例如：

字母或字母組合	例子		
t	**tas** [ta] 堆	**tarte** [tart] 餡餅，塔	**natte** [nat] 席子
th	**thèse** [tɛz] 論點	**mythe** [mit] 神話	**thermique** [tɛrmik] 熱的

t

頭	tête
音標	[tɛt]

桌子	table
音標	[tabl]

類型	type
音標	[tip]

節日	fête
音標	[fɛt]

春天	printemps
音標	[prɛ̃tɑ̃]

日期	date
音標	[dat]

火車	train
音標	[trɛ̃]

吸引	attirer
音標	[atire]

th

茶	thé
音標	[te]

鮪魚	thon
音標	[tɔ̃]

字母與發音

字母

母音

子音

半母音

語音知識

基礎文法與構句

最常用的分類單字

日常短句與情境會話

1-03-04

[d]

發音方法〉 [d] 是與 [t] 相對的子音，發音方法與 [t] 類似，但發音位置靠近喉嚨，需震動聲帶。

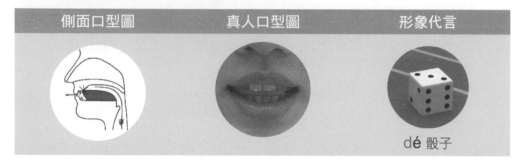

側面口型圖	真人口型圖	形象代言

dé 骰子

字母 d 在單字中發 [d] 音。例如：

字母或字母組合	例子		
d	**lai**d**e** [lɛd] 醜陋的	**d**emi [dəmi] 一半	**d**rap [dra] 床單
	doute [dut] 懷疑	**d**ire [dir] 說	**d**écider [deside] 決定
	douzaine [duzɛn] 十二個，一打	**d**ur [dyr] 堅硬的	**d**éjeuner [deʒœne] 午餐

Step 3 讀單字，練發音

日期	date
音標	[dat]

世界	monde
音標	[mɔ̃d]

女士	dame
音標	[dam]

美味的	délicieux
音標	[delisjø]

主意	idée
音標	[ide]

債	dette
音標	[dɛt]

火雞	dinde
音標	[dɛ̃d]

龍	dragon
音標	[dragɔ̃]

晚餐	dîner
音標	[dine]

加法	addition
音標	[adisjɔ̃]

聽寫	dictée
音標	[dikte]

[k]

Step 1 跟著法語老師學發音

發音方法〉舌頭後端稍抬起抵住硬齶後端，形成阻塞，隨後氣流突然從口腔中送出，不振動聲帶。[k] 在母音前不送氣，在音節末或子音前要送氣。

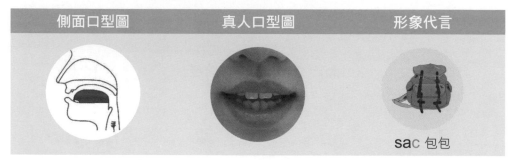

側面口型圖	真人口型圖	形象代言

sac 包包

Step 2 讀音規則

字母 k、c、q 及字母組合 qu、cc 等在單字中發 [k] 音。例如：

字母或字母組合	例子		
k, ck	**kilo** [kilo] 公斤	**kaki** [kaki] 黃褐色的	**snack** [snak] 小吃
qu	**quel** [kɛl] 什麼樣的	**quatre** [katr] 四	**qualité** [kalite] 品質
c, cc 在 **a, o, u** 或子音前	**col** [kɔl] 衣領	**classe** [klas] 班級	**accomplir** [akɔ̃plir] 完成
c, q 在字尾	**bec** [bɛk] 鳥嘴	**bouc** [buk] 公山羊	**cinq** [sɛ̃k] 五

Step 3 讀單字，練發音

字母與發音

字母

母音

子音

半母音

語音知識

基礎文法與構句

最常用的分類單字

日常短句與情境會話

k, ck

票	ticket
音標	[tikɛ]

奇異果	kiwi
音標	[kiwi]

qu

誰	qui
音標	[ki]

十五	quinze
音標	[kɛ̃z]

c, cc 在 a, o, u 或子音前

氣候	climat
音標	[klima]

卡	carte
音標	[kart]

同意	accord
音標	[akɔr]

c, q 在字尾

湖	lac
音標	[lak]

公園	parc
音標	[park]

公雞	coq
音標	[kɔk]

[g]

Step 1 跟著法語老師學發音

發音方法〉為與 [k] 音相對應的子音。發音時,舌頭後端稍抬起並抵住硬齶後部,發音方法類似 [k]音,接著振動聲帶發音。

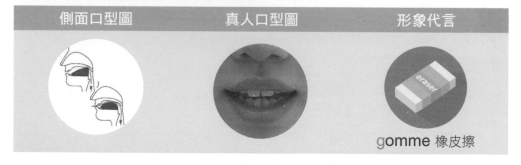

| 側面口型圖 | 真人口型圖 | 形象代言 |

gomme 橡皮擦

Step 2 讀音規則

字母 g 及字母組合 gu 等在單字中發 [g] 音。例如:

字母或字母組合	例子		
g 在 **a, o, u** 或子音字母前	**gala** [gala] 盛會	**goutte** [gut] 滴	**gros** [gro] 大的
	goût [gu] 味道,味覺	**gâteau** [gato] 蛋糕,糕點	**grâce** [gras] 恩惠
gu 在 **e, i, y** 前	**Guy** [gi] 居伊(人名)	**gueule** [gœl] (動物的)嘴	**guérir** [gerir] 治癒

Step 3 讀單字，練發音

g 在 a, o, u 或子音字母前

蔬菜	légume
音標	[legym]

流感	grippe
音標	[grip]

車站	gare
音標	[gar]

英語	anglais
音標	[ɑ̃glɛ]

大的	grand
音標	[grɑ̃]

冰	glace
音標	[glas]

快樂的	gai
音標	[ge]

gu 在 e, i, y 前

戰爭	guerre
音標	[gɛr]

吉他	guitare
音標	[gitar]

導遊	guide
音標	[gid]

[s]

Step 1　跟著法語老師學發音

發音方法〉上下排牙齒貼近，舌尖位於上下排牙齒後方中間位置，舌頭後端與硬齶之間形成窄縫，發音時氣流通過縫隙並發生摩擦。

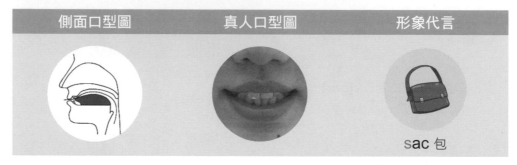

側面口型圖	真人口型圖	形象代言
		sac 包

Step 2　讀音規則

字母 s、c、ç 等在單字中發 [s] 音。例如：

字母或字母組合	例子		
s 不在兩母音字母之間；兩個 **s** 時	**son** [sõ] 他（她、它）的	**sec** [sɛk] 乾燥的	**six** [sis] 六
c 在 **e, i, y** 前	**ceci** [səsi] 這個	**acide** [asid] 酸的	**bicyclette** [bisiklɛt] 自行車
ç	**ça** [sa] 這個	**français** [frɑ̃sɛ] 法語	**garçon** [garsõ] 男孩子

Step 3 讀單字，練發音

s 不在兩母音字母之間；兩個 s 時

錢	sou
音標	[su]

如果	si
音標	[si]

上衣	veste
音標	[vɛst]

茶杯	tasse
音標	[tas]

c 在 e, i, y 前

櫻桃	cerise
音標	[səriz]

自行車	cycle
音標	[sikl]

目標	cible
音標	[sibl]

游泳池	piscine
音標	[pisin]

接受	accepter
音標	[aksɛpte]

瞄準	cibler
音標	[sible]

ç

方式	façon
音標	[fasɔ̃]

課程	leçon
音標	[ləsɔ̃]

1-03-08

[z]

Step 1 跟著法語老師學發音

發音方法〉為與 [s] 相對應的子音,其發音方法與 [s] 類似,上下排牙齒貼近,舌尖位於上下排牙齒後方中間位置,發音時,氣流通過舌頭後端與硬齶之間形成的窄縫,發音時振動聲帶。

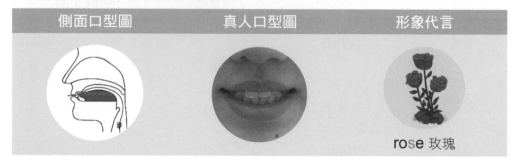

側面口型圖	真人口型圖	形象代言

rose 玫瑰

Step 2 讀音規則

字母 s、z 等在單字中發 [z] 音。例如:

字母或字母組合	例子		
s 在兩母音字母之間	**sésame** [sezam] 芝麻	**bise** [biz] 接吻	**Asie** [azi] 亞洲
	oser [oze] 敢於…	**aise** [ɛz] 舒適,自在	**pause** [poz] 暫停,休息
z	**azur** [azyr] 天藍色	**zèle** [zɛl] 熱情	**Zidane** [zidan] 席丹

Step 3 讀單字，練發音

s 在兩母音字母之間		z	
工廠	usine	地區	zone
音標	[yzin]	音標	[zon]
博物館	musée	零	zéro
音標	[myze]	音標	[zero]
表姐妹	cousine	動物園	zoo
音標	[kuzin]	音標	[zo]
椅子	chaise	十二	douze
音標	[ʃɛz]	音標	[duz]
用壞的	usé	十三	treize
音標	[yze]	音標	[trɛz]

1-03-09

[f]

跟著法語老師學發音

發音方法〉發音時，上齒先輕咬下唇，接著讓氣流從上齒與下唇間送出，不振動聲帶發音。[f] 是摩擦音。

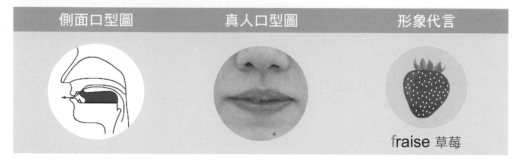

| 側面口型圖 | 真人口型圖 | 形象代言 |

fraise 草莓

讀音規則

字母 f 及字母組合 ph 在單字中發 [f] 音。例如：

字母或字母組合	例子		
f	**fable** [fabl] 寓言	**file** [fil] 隊伍	**effort** [efɔr] 用力
ph	**photo** [foto] 照片	**phare** [far] 燈塔	**pharmacie** [farmasi] 藥局
	alphabet [alfabɛ] 字母表，字母	**Philippe** [filip] 菲力浦（人名）	**philatélie** [filateli] 集郵

f

電影	film
音標	[film]

煙	fumée
音標	[fyme]

錯誤	faute
音標	[fot]

臉，表面	face
音標	[fas]

九	neuf
音標	[nœf]

做	faire
音標	[fɛr]

影響	effet
音標	[efɛ]

ph

句子	phrase
音標	[fraz]

電話	téléphone
音標	[telefɔn]

物理	physique
音標	[fizik]

字母與發音

字母

母音

子音

半母音

語彙知識

基礎文法與構句

最常用的分類單字

日常短句與情境會話

[v]

發音方法〉發音方式基本上同 [f]，但須震動聲帶，上齒先輕咬下唇，接著讓氣流從上齒與下唇間送出，同時振動聲帶發音。

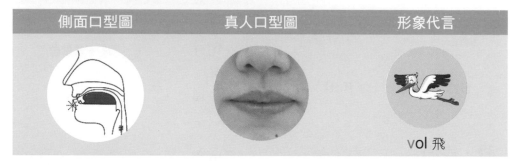

側面口型圖	真人口型圖	形象代言
		vol 飛

字母 v 或少數字母 w 在單字中發 [v] 音。例如：

字母或字母組合	例子		
v	**vrai** [vrɛ] 真的	**vin** [vɛ̃] 紅酒	**veste** [vɛst] 上衣
	vous [vu] 你們，您	**vie** [vi] 生活	**valeur** [valœr] 價值
w	**wagon** [vagɔ̃] 車廂		

v

城市	ville
音標	[vil]

嘴唇	lèvre
音標	[lɛvr]

書	livre
音標	[livr]

花瓶	vase
音標	[vaz]

視覺	vue
音標	[vy]

活潑的	vif
音標	[vif]

動詞	verbe
音標	[vɛrb]

假期	vacances
音標	[vakãs]

新的	nouveau
音標	[nuvo]

w

韋斯（人名）	Weiss
音標	[vɛs]

車廂	wagon
音標	[vagõ]

字母與發音

字母

母音

子音

半母音

語音知識

基礎文法與構句

最常用的分類單字

日常短句與情境會話

Unité
03 子音

1-03-11

Step 1 跟著法語老師學發音

發音方法〉嘴唇略向前突出呈圓形，以發出類似中文「需」的方式發音，此時舌後端靠近硬顎，舌尖向上方翹起，與硬顎中間形成窄縫，接著舌後端抬向硬顎，氣流通過時產生摩擦。

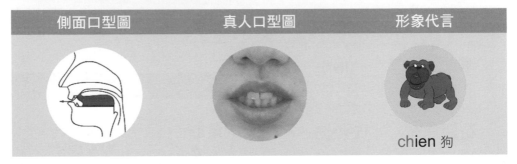

| 側面口型圖 | 真人口型圖 | 形象代言 |

chien 狗

Step 2 讀音規則

字母組合 sh、ch 在單字中發[ʃ]音。例如：

字母或字母組合	例子		
sh	**T-shirt** [tiʃœrt] T 恤	**shampoing** [ʃɑ̃pwɛ̃] 洗髮精	**smash** [smaʃ] 殺球
ch	**sachet** [saʃɛ] 小袋	**chanter** [ʃɑ̃te] 唱歌	**chef** [ʃɛf] 首長，長官

66

字母與發音

字母

母音

子音

半母音

語音知識

基礎文法與構句

最常用的分類單字

日常短句與情境會話

sh

短運動褲	short
音標	[ʃɔrt]

輪班	shift
音標	[ʃift]

（飛機）撞毀	crasher
音標	[kraʃe]

現金	cash
音標	[kaʃ]

ch

貓	chat
音標	[ʃa]

支票	chèque
音標	[ʃɛk]

中國	Chine
音標	[ʃin]

斧頭	hache
音標	[aʃ]

尋找	chercher
音標	[ʃɛrʃe]

路	chemin
音標	[ʃəmɛ̃]

連鎖	chaîne
音標	[ʃɛn]

捉迷藏	cache-cache
音標	[kaʃkaʃ]

週日	dimanche
音標	[dimɑ̃ʃ]

[ʒ]

發音方法〉嘴唇略向前突出呈圓形，以發出類似中文「遮」的方式發音，此時舌面靠近硬齶，舌尖向上方捲起，與硬齶之間形成窄縫，在氣流通過時產生摩擦，並振動聲帶。

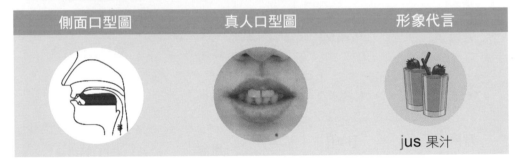

側面口型圖	真人口型圖	形象代言

jus 果汁

字母 j、g 在單字中發 [ʒ] 音。例如：

字母或字母組合	例子		
j	**déjà** [deʒa] 已經	**jupe** [ʒyp] 裙子	**juste** [ʒyst] 公正的
g 在 e, i, y 前	**cage** [kaʒ] 鳥籠	**agir** [aʒir] 行動	**geler** [ʒəle] 使結冰

Step 3　讀單字，練發音

j	
我	je
音標	[ʒə]

臉頰	joue
音標	[ʒu]

玉	jade
音標	[ʒad]

漂亮的	joli
音標	[ʒɔli]

法官	juge
音標	[ʒyʒ]

g 在 e, i, y 前	
年齡	âge
音標	[aʒ]

動作	geste
音標	[ʒɛst]

背心	gilet
音標	[ʒilɛ]

健身房	gymnase
音標	[ʒimnaz]

下雪	neiger
音標	[nɛʒe]

Unité

03 子音

1-03-13

[r]

Step 1 跟著法語老師學發音

發音方法〉舌尖輕抵下排牙齒，舌後端略向軟齶抬起，使氣流通過小舌與舌後端之間的空隙產生摩擦，發出類似英文 [h] 或是中文「喝」的音。

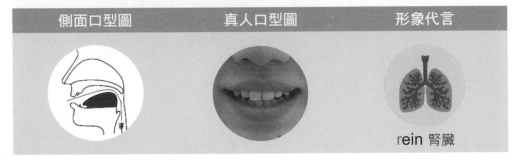

側面口型圖	真人口型圖	形象代言

rein 腎臟

Step 2 讀音規則

字母 r 在單字中發 [r] 音。例如：

字母或字母組合	例子		
r	**renard** [rənar] 狐狸	**drap** [dra] 床單	**cri** [kri] 叫喊
	rencontre [rɑ̃kɔ̃tr] 見面	**répondre** [repɔ̃dr] 回答	**octobre** [ɔktɔbr] 十月
	raison [rɛzɔ̃] 理由	**peinture** [pɛ̃tyr] 繪畫	**nature** [natyr] 自然

街道	rue		數字	chiffre
音標	[ry]		音標	[ʃifr]

老鼠	rat		大海	mer
音標	[ra]		音標	[mɛr]

米	riz		真的	vrai
音標	[ri]		音標	[vrɛ]

紅色	rouge		雨傘	parapluie
音標	[ruʒ]		音標	[paraplɥi]

笑	rire		親愛的	cher
音標	[rir]		音標	[ʃɛr]

藝術	art
音標	[ar]

字母與發音

字母

母音

子音

半母音

語音知識

基礎文法與構句

最常用的分類單字

日常短句與情境會話

Unité
03 子音

[l]

Step 1 跟著法語老師學發音

發音方法〉舌尖輕抵上排牙齦，形成阻塞，發音時氣流從舌尖兩旁送出，同時放下舌尖，振動聲帶。注意不能過度向後捲舌。

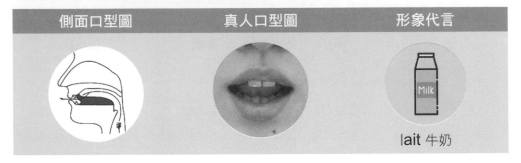

| 側面口型圖 | 真人口型圖 | 形象代言 |

lait 牛奶

Step 2 讀音規則

字母 l 在單字中發 [l] 音。例如：

字母或字母組合	例子		
l	**lire** [lir] 閱讀	**plastique** [plastik] 塑造的	**glisse** [glis] 滑行
	remplir [rɑ̃plir] 裝滿	**lundi** [lœ̃di] 週一	**bleu** [blø] 藍色的
	élection [elɛksjɔ̃] 選舉	**maladie** [maladi] 疾病	**blouse** [bluz] 女性襯衫

字母與發音

字母

母音

子音

半母音

語音知識

基礎文法與構句

最常用的分類單字

日常短句與情境會話

讀單字，練發音

羊毛	laine
音標	[lɛn]

班級	classe
音標	[klas]

丁香花	lilas
音標	[lila]

報紙	journal
音標	[ʒurnal]

雞肉	poulet
音標	[pulɛ]

哈密瓜	melon
音標	[məlɔ̃]

留下	laisser
音標	[lɛse]

燈	lampe
音標	[lɑ̃p]

清單	liste
音標	[list]

山丘	colline
音標	[kɔlin]

土壤	sol
音標	[sɔl]

[m]

跟著法語老師學發音

發音方法〉閉起雙唇,讓氣流在口腔中完全受阻,接著瞬間從口腔、鼻腔送出,同時振動聲帶。

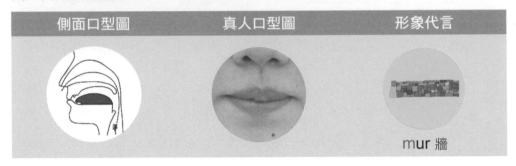

| 側面口型圖 | 真人口型圖 | 形象代言 |

mur 牆

讀音規則

字母 m 在單字中發 [m] 音。例如:

字母或字母組合	例子		
m	**homme** [ɔm] 男人	**légume** [legym] 蔬菜	**montre** [mɔ̃tr] 手錶,陳列品
	pomme [pɔm] 蘋果	**montrer** [mɔ̃tre] 出示,炫耀	**maison** [mɛzɔ̃] 家
	résumé [rezyme] 摘要	**comme** [kɔm] 好像,如同	**montagne** [mɔ̃taɲ] 山,山脈

字母與發音

字母

母音

子音

半母音

語音知識

基礎文法與構句

最常用的分類單字

日常短句與情境會話

Step 3　讀單字，練發音

摩托車	moto	地鐵	métro
音標	[mɔto]	音標	[metro]

但是	mais	成員	membre
音標	[mɛ]	音標	[mɑ̃br]

丈夫	mari	病人	malade
音標	[mari]	音標	[malad]

時刻	moment	蘋果	pomme
音標	[mɔmɑ̃]	音標	[pɔm]

詩	poème	商店	magasin
音標	[pɔɛm]	音標	[magazɛ̃]

眼淚	larme
音標	[larm]

[n]

Step 1 跟著法語老師學發音

發音方法〉舌尖輕抵上排牙齦，在聲帶振動的同時，軟齶下降，氣流也同時從鼻腔送出。

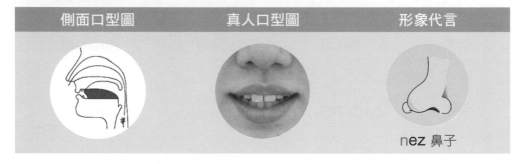

側面口型圖	真人口型圖	形象代言

nez 鼻子

Step 2 讀音規則

字母 n 在單字中發 [n] 音。例如：

字母或字母組合	例子		
n	**nos** [no] 我們的	**canne** [kan] 拐杖	**automne** [otɔn] 秋天
	niveau [nivo] 水準，程度	**semaine** [s(ə)mɛn] 星期	**nation** [nasjɔ̃] 國家
	annoncer [anɔ̃se] 宣佈	**nouveau** [nuvo] 新的	**canard** [kanar] 鴨子

Step 3 讀單字，練發音

不	non
音標	[nɔ̃]

月亮	lune
音標	[lyn]

香蕉	banane
音標	[banan]

年	année
音標	[ane]

筆記	note
音標	[nɔt]

出生，誕生	naitre
音標	[nɛtr]

皇后	reine
音標	[rɛn]

安排，排列	ordonnance
音標	[ɔrdɔnɑ̃s]

大炮	canon
音標	[kanɔ̃]

游泳	nager
音標	[naʒe]

電腦	ordinateur
音標	[ɔrdinatœr]

字母與發音

字母

母音

子音

半母音

語音知識

基礎文法與構句

最常用的分類單字

日常短句與情境會話

[ɲ]

 Step 1 跟著法語老師學發音

發音方法〉發音時舌尖抵住下排牙齦，舌面抬起與上顎接觸形成阻塞，讓氣流從鼻腔流出，同時振動聲帶。

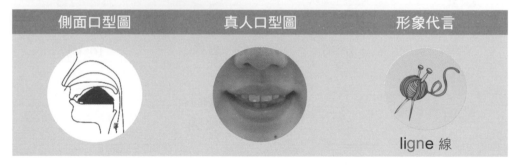

側面口型圖	真人口型圖	形象代言
		ligne 線

Step 2 讀音規則

字母組合 gn 在單字中發 [ɲ] 音。例如：

字母或字母組合	例子		
gn	**Espagne** [ɛspaɲ] 西班牙	**signal** [siɲal] 信號	**seigneur** [sɛɲœr] 領主
	signer [siɲe] 簽署	**ligne** [liɲ] 線	**signification** [siɲifikasjɔ̃] 意義
	gagner [gaɲe] 賺（錢）	**montagne** [mɔ̃taɲ] 山，山脈	

字母與發音

字母

母音

子音

半母音

語音知識

基礎文法與構句

最常用的分類單字

日常短句與情境會話

激怒	indigner		教	enseigner
音標	[ɛ̃diɲe]		音標	[ɑ̃sɛɲe]

梳子	peigne		公司	compagnie
音標	[pɛɲ]		音標	[kɔ̃paɲi]

床	pagnot		西班牙語	espagnol
音標	[paɲo]		音標	[ɛspaɲɔl]

蘑菇	champignon		香檳	champagne
音標	[ʃɑ̃piɲɔ̃]		音標	[ʃɑ̃paɲ]

陪伴	accompagner		趕快	magner
音標	[akɔ̃paɲe]		音標	[maɲe]

鄉村	campagne
音標	[kɑ̃paɲ]

Unité
04 半母音

[j]

Step 1 跟著法語老師學發音

發音方法〉[j] 是與母音 [i] 相對應的半母音，與 [i] 的發音部位類似。舌頭抵住上顎，讓氣流從舌面與上顎之間很窄的縫隙中通過，同時聲帶振動發音。

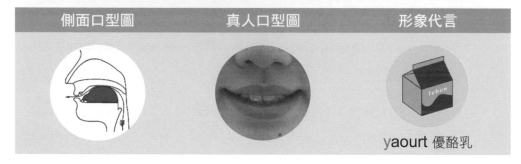

側面口型圖	真人口型圖	形象代言

yaourt 優酪乳

Step 2 讀音規則

字母 i 及字母組合 il、ill 等在單字中發 [j] 音。例如：

字母或字母組合	例子		
i 或 **y** 在母音前	**diamant** [djamɑ̃] 鑽石	**ill** 在子音後唸 [ij] 	**gentille** [ʒɑ̃tij] 和藹的
-il 在字尾且在母音後	**travail** [travaj] 工作	**i** 在子音群和母音之間 唸 [ij]	**ouvrier** [uvrije] 工人
ill 在母音後	**faille** [faj] 缺點	**ien** 唸 [jɛ̃]	**chien** [ʃjɛ̃] 狗

字母與發音

字母

母音

子音

半母音

語音知識

基礎文法與構句

最常用的分類單字

日常短句與情境會話

i 或 y 在母音前

本子	cahier
音標	[kaje]

優酪乳	yaourt
音標	[jaurt]

ill 在子音後唸 [ij]

家庭	famille
音標	[famij]

女兒，女孩	fille
音標	[fij]

-ll 在字尾且在母音後

鬧鐘	réveil
音標	[revɛj]

太陽	soleil
音標	[sɔlɛj]

i 在子音群和母音之間唸 [ij]

喊叫	crier
音標	[krije]

忘記	oublier
音標	[ublije]

ill 在母音後

工作	travailler
音標	[travaje]

ien 唸 [jɛ̃]

好	bien
音標	[bjɛ̃]

跟著法語老師學發音

發音方法〉為與母音 [u] 相對應的半母音,與 [u] 發音部位類似,但嘴唇更為突出,肌肉更為緊繃,發音時聲帶振動。

側面口型圖	真人口型圖	形象代言
		voiture 車

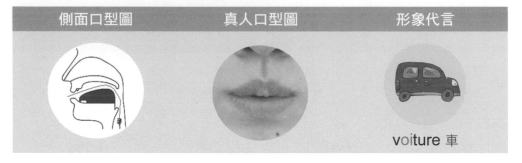

讀音規則

字母 w 及字母組合 ou、oi、oî 等在單字中發 [w] 音。例如:

字母或字母組合	例子		
ou 在母音前	**ouest** [wɛst] 西	**fouet** [fwɛ] 鞭子	**chouette** [ʃwɛt] 貓頭鷹
w 在外來語中	**week-end** [wikɛnd] 週末	**watt** [wat] 瓦特	**tramway** [tramwɛ] 有軌電車
oy, oi, oî 唸 [wa]	**nettoyer** [nɛtwaje] 打掃	**soir** [swar] 晚上	**boîte** [bwat] 箱子
oin 唸 [wɛ̃]	**point** [pwɛ̃] 句點	**coin** [kwɛ̃] 角落	**moins** [mwɛ̃] 更少

字母與發音

字母

母音

子音

半母音

語音知識

基礎文法與構句

最常用的分類單字

日常短句與情境會話

ou 在母音前

是	oui
音標	[wi]

海關	douane
音標	[dwan]

希望	souhaiter
音標	[swete]

出租	louer
音標	[lwe]

w 在外來語中

威士忌	whisky
音標	[wiski]

網絡	web
音標	[wɛb]

oy, oi, oî 唸 [wa]

空閒，閒暇	loisir
音標	[lwazir]

什麼	quoi
音標	[qwa]

鳥	oiseau
音標	[wazo]

我	moi
音標	[mwa]

oin 唸 [wɛ̃]

照顧	soin
音標	[swɛ̃]

04 半母音

1-04-03

[ɥ]

Step 1 跟著法語老師學發音

發音方法〉為與 [y] 相對應的半母音,與其發音部位類似,但嘴唇要更突出,舌頭後端向上顎抬起,肌肉更為緊繃,發音時聲帶振動。

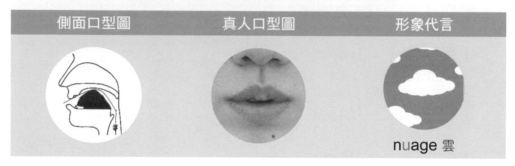

| 側面口型圖 | 真人口型圖 | 形象代言 |

nuage 雲

Step 2 讀音規則

字母 u 在單字中發 [ɥ] 音。例如:

字母或字母組合	例子		
u 在母音前	**suave** [sɥav] 美妙的	**muet** [mɥɛ] 啞的	**saluer** [salɥe] 打招呼
	puis [pɥi] 然後,接著	**tuer** [tɥe] 殺死	**muer** [mɥe] 改變,換毛
	puer [pɥe] 捕殺	**diminuer** [diminɥe] 減少	**lui** [lɥi] 他

Step 3 讀單字，練發音

夜晚	nuit
音標	[nɥi]

雨	pluie
音標	[plɥi]

逃走	fuir
音標	[fɥir]

廚房	cuisine
音標	[kɥizin]

水果	fruit
音標	[frɥi]

七月	juillet
音標	[ʒɥljɛ]

小路	ruelle
音標	[rɥɛl]

分配，佈局	distribuer
音標	[distribɥe]

六月	juin
音標	[ʒɥɛ̃]

井	puits
音標	[pɥi]

八	huit
音標	[ɥit]

Unité
05 語音知識

1 音素

音素是語音的最小單位。法語中有 11 個母音、4 個鼻母音、17 個子音和 3 個半母音。

2 音標與字母

音標是記錄音素的符號，寫在方括號（[ ]）內，每個音標代表一個音素。法語和英語一樣，使用 26 個拉丁字母。其中 Aa, Ee, Ii, Oo, Uu, Yy 為母音字母，其他字母是子音字母。

要注意的是，句首字母以及人名、地名等專有名詞的字首字母都要大寫。此外，字母和音素是兩個不同的概念。一個字母可以有多個發音，一個音素也可以由不同的字母組合發出。

3 變音符號

a. **尖音符**（也叫閉口音符），用於字母 é（發 [e] 音），如 clé, bébé。

b. **鈍音符**（也叫開口音符），用於如 à（發 [a] 音）等字母，à 雖然也唸作 [a]，但此符號主要是區分發音相同但意義不同的單字，如 la（陰性單數定冠詞）, là（那裡）。用於 è 時，表示該字母唸作 [ɛ]，如 père, mère。用於 ù 時，發音不變一樣唸作 [u]，主要用於區分發音相同但意義不同的單字，如 ou（或者），où（哪裡）。

c. **長音符**，用於 â 時，表示該字母讀作 [ɑ]，如 mât, théâtre。用於 ê 時，表示該字母讀作 [ɛ]，如 rêve, tête。用於 î 時，發音不變同樣讀作 [i]，如 île。用於 ô 時，表示該字母讀作 [o]，如 ôter, côte。用於 û 時，讀音不變一樣唸作 [y]，如 flûte, sûr。

d. **分音符**放在母音字母上，表示該字母須與前面相鄰的母音字母分開發

音。如有分音符時，maïs（玉米）發音為 [mais]，但沒有分音符時，mais（但是）發音為 [mɛ]。

e. **軟音符**放在字母 c 下面，表示此時字母 c 在 a, o, u 前不再發 [k] 的音，而是發 [s] 的音，如 leçon, garçon。

f. 大寫時，字母上的這些符號可以省去。

4 子音字母在字尾的發音規則

a. 子音字母在字尾一般不發音，如：salut [saly], lac [lak]。但 c, f, l, q, r, ct 在字尾一般要發音，如 lac [lak], vif [vif], mal [mal], coq [kɔk], mer [mɛːr], correct [kɔrɛkt]。不過，此規則也有例外，如 banc [bɑ̃]。某些外來語的字尾子音也要發音，如 bus [bys]。

b. 不帶變音符號的字母 e 在字尾時一般不發音，如：grande [grɑ̃d]。

c. 相同的兩個子音只發一個音，如：tt, dd, pp, bb 等。

5 音節

法文單字可以由一個（單音節）或多個（多音節）音節構成。音節以母音為單位，單字中有幾個母音（注意是母音，不是母音字母）就有幾個音節。劃分音節的基本規則如下：

a. 一個母音可以構成一個音節，如 mot [mo]（只有母音 [o] 可知這是一個單音節的單字）、aller [a-le]（有 [a] 和 [le] 可知這是一個雙音節的單字）。

b. 兩個母音之間的單子音，此子音是屬於下一個音節，如 café [ka-fe]，此時位於母音 [a] 與母音 [e] 之間的單子音 [f] 屬於下一個音節。

c. 相連的兩個子音分屬兩個音節，如 service [sɛr-vis]，相連的子音 [r] 和 [v] 分屬兩個音節。

d. 遇到有三個子音相連時，前兩個子音屬於上一個音節，第 3 個子音屬於下一個音節，如 abstrait [aps-trɛ]（[b] 受後面清子音 [s] 的影響，清化成 [p]）。

e. 相連的兩個子音，如果第 2 個子音是 [l] 或 [r]，則這兩個相連的子音不分開，兩者同屬一個音節，如 plaire [plɛr] 的 [p] 和 [l]。

f. 如果是 [l] 與 [r] 相連，則要分開，如 parler [par-le]。

g. 以母音（非母音字母）結尾的音節叫做開音節，如 rond [rɔ̃]。以子音
（非子音字母）結尾的音節叫做閉音節，如 salle [sal]。

6 母音省略（母音縮寫）

有些以母音字母結尾的單音節單字（如以 e 結尾的 le 或是以 a 結尾的
la），會和下一個單字的字首母音或是啞音 h 合為一個音節，並以省略符號
（'）代替已省略的字尾母音字母。如 ce [sə] + est [ɛ]= c'est [sɛ]，si [si] + il [il]
= s'il [sil]。這類單音節單字有：ce, de, je, la, le, me, ne, que, se, si, te。

7 重音

法語單字的重音比較固定，一般落在單字的最後一個音節上，但不需要
讀得過重。不過在句子中，單字的重音會被節奏重音所替代，節奏重音落在
節奏組最後一個音節上。此外，還會因為表達情緒或強調某事而出現強調的
重音。

8 個別字母或字母組合的發音規則

① 字母 c 的發音

讀音	在什麼情況下發這個音	例子
[s]	在字母 e, i, y 前	ceci, cycle
[k]	在字母 a, o, u 以及子音字母之前，或在字尾時。[k] 在母音前不送氣，在子音前、兩子音之間以及在字尾時才送氣。	café, coq, culte, classe, sac
注意	字母 c 在 a, o, u 前發 [k] 音，但當有軟音符而寫成 ç 時，讀作 [s]。	

② cc, sc 字母組合的發音

字母	讀音	什麼情況下發這個音	例子
cc	[k]	在 **a, o, u** 或子音前	a**cc**abler
	[ks]	在 **e, i, y** 前	a**cc**éder
sc	[sk]	在 **a, o, u** 或子音前	pa**sc**al
	[s]	在 **e, i, y** 前	**sc**élérat

③ 字母組合 ch 的發音

字母組合 ch 一般發 [ʃ] 音，如 Chine [ʃin]。但在某些特殊情況下 ch 發 [k] 音，如 chorale [kɔral]（合唱團）, chrome [kro:m]（鉻）等。

④ 字母 e 的發音

讀音	什麼情況下發這個音	例子
[ə]	(1) 單音節的單字字尾 (2) 字首開音節 (3)「子＋子＋**e**＋子」的結構中（此處的「子」指發音，而非字母）	t**e**, m**e** s**e**maine, v**e**dette vendr**e**di, mercr**e**di
[e]	(1) **é** (2) **er**（在第一組動詞原形字尾及特殊情況下） (3) **ez**（在 **vous** 的動詞變化字尾及特殊情況下） (4) **es**（在少數單音節單字字尾） (5) 字首 **dess-, desc-, eff-, ess-** (6) 連接詞 **et** (7) **e** 在某些特殊情況下	**é**té, bl**é** all**er**, dîn**er** ass**ez**, tap**ez** m**es**, s**es** **dess**in, **e**fficace **et** pi**e**d

字母與發音

字母

母音

子音

半母音

語音知識

基礎文法與構句

最常用的分類單字

日常短句與情境會話

[ε]	(1) 在閉音節中 (2) 在相同的兩個子音字母前（字首為 dess-, eff-, ess- 等字母組合的單字除外） (3) et 在字尾 (4) è, ê, ë	mer, ver belle, serre paquet, cadet mère, tête, Noël
不發音	(1) e 位於字尾時 (2) e 位於母音前後時 (3)「母＋子＋e＋子＋母」的結構中（「母」「子」指發音）	pelle, classe Jeanne, avenir, samedi

⑤ 字母 g 的發音

讀音	什麼情況下發這個音	例子
[ʒ]	在字母 e, i, y 前	sage, gilet, gym
[g]	在字母 a, o, u 及子音字母前	gala, gomme, légume

⑥ 字母 h 的發音

字母 h 在法語中是不發音的。但 h 位於字首時會有兩種情況。

a. 啞音 h：啞音 h 位於字首時，會和前面的單字進行母音縮寫或是連音，如 homme（男人）中的 h 即為啞音 h，所以就會是 l'homme [lɔm]（母音縮寫），或是 trois hommes [trwazɔm]（連誦）。

b. 噓音 h：噓音 h 位於字首時，不會與前面的單字進行母音縮寫或連音，如 hibou（貓頭鷹）中的 h 即為噓音 h，所以就會是 le hibou [lə-ibu] 和 trois hiboux [trwa-ibu]。

區別啞音 h 或是噓音 h 的方式是查字典，在字典中，字首字母 h 前標示星號 * 的表示噓音 h。

⑦ 字母組合 tion 的發音

發作 [sjɔ̃] 的音，如 solution [sɔlysjɔ̃]。但字母組合 stion 發 [stjɔ̃] 的音，如 question [kɛstjɔ̃]。

⑧ 字母 x 的發音

字母	讀音	例子
x	(1) 在字尾不發音 (2) 在少數字尾發 [s] 音 (3) 在少數單字中或是連音時讀作 [z] (4) 在單字中讀 [ks]	**roux, deux** **dix, six** **dixième, dix heures** **texte, maximum**
ex-	(1) 位於字首且位於子音前讀作 [ɛks] (2) 位於字首且位於母音前讀作 [ɛgz]	**excitant** **exercice**

⑨ 鼻音化母音的發音

能發出鼻音化母音的字母組合固定是以 m 或 n 結尾。如果該字母組合（如 im, on 等等）後面又再接母音字母或字母 m, n，則不發出鼻音化母音。例如：

有鼻音化：bon [bɔ̃]

無鼻音化：bonne [bɔn]。

9 節奏組

法語的句子可按照語法結構以及句意來劃分節奏組。節奏組一般以實詞（名詞、動詞、形容詞、副詞）為核心，和其他與該實詞相關的輔助詞一同構成節奏組。每個節奏組中，只有最後一個音節為重音，稱為重讀音節。

10 連音

為了讓語氣連貫，在同一節奏組內，單字與單字之間、發音與發音之間不中斷。此時，如果上一個單字的字尾發音是子音，下一個單字的開頭發音是母音或啞音 h，則兩者會讀成一個音節。如：Il est styliste. 讀作 [ilɛ stilist]。

11 連誦

在同一節奏組中，上一個單字如果是以不發音的子音字母結尾，而下一

字母與發音

字母

母音

子音

半母音

語音知識

基礎文法與構句

最常用的分類單字

日常短句與情境會話

個單字又以母音或啞音 h 開頭，那麼上一個子音字母就要發音，並與接下來的字首母音合成一個音節。如：Vous êtes français. [vu-zɛt frɑ̃-sɛ]。

　　連誦中有些字母會改變其原來的發音，如字母 s 與 x 在連誦中要讀成 [z]，d 讀成 [t]，f 讀成 [v]，g 讀成 [k]，一些鼻音化母音會失去其原本的鼻音化現象。

12 語調

　　法語的基本語調為：在直述句和疑問詞疑問句的句尾語調會下降，在一般疑問句的句尾會上揚。

　　法語的發音規則雖然繁多，但掌握基本概念之後便可按規則唸出單字的發音。但規則之中有例外，例外之中還有例外，本章內容雖然做了詳細的解說，但並非把全部的發音規則和例外都包含在內。建議大家在學習過程中多查字典，多記憶，掌握好法語的發音。

2

文法課
基礎文法與構句

1 基礎文法　　　2 構句

Unité
01 基礎文法

　　法語被稱為「美麗又嚴謹的語言」，這與它的語法規則有關。但法語的一大特點是「規則之中有例外，例外之中還有例外」，因此本章節將不針對語法規則來詳盡列舉，而是只對基礎文法知識進行簡單介紹，快速讓讀者了解。

　　法語按「詞性」主要分為名詞、限定詞（包括冠詞、所有格形容詞、指示形容詞、疑問形容詞、感歎形容詞、數量形容詞、泛指形容詞等非品質形容詞）、形容詞（主要指除限定形容詞之外的品質形容詞）、動詞、代名詞、介系詞、副詞、連接詞、感嘆詞九大詞類。在本章中，主要會介紹前六種詞類。

一、名詞

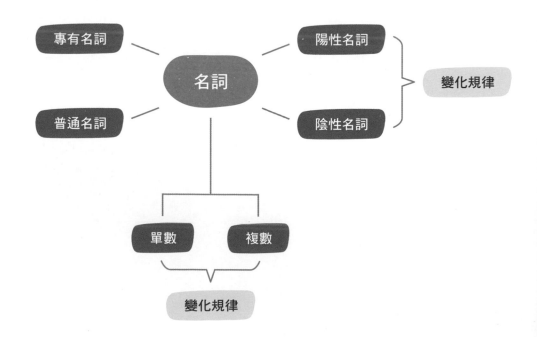

名詞是表示人或事物名稱的詞性，也可以用來表示抽象的概念。法語的名詞可以分為普通名詞（如 ami 朋友）和專有名詞（如人名、地名等），前者指某人或某物，後者強調唯一的人或物，字首字母要大寫。

法語中的名詞前一般要加限定詞（冠詞、所有格形容詞、指示形容詞等），且名詞一般有陰陽性和單複數之分。

字母與發音

字母

母音

子音

半母音

語音知識

基礎文法與構句

最常用的分類單字

日常短句與情境會話

---

1 名詞的陰陽性

法語中，名詞分陽性（le masculin）和陰性（le féminin）。[1]

至於表示人或動物的名詞，其詞性與其天生的性別一致，即表示男性或雄性動物的名詞皆為陽性，而表示女性或雌性動物的名詞皆為陰性。名詞陰陽性的變化規則如下：

① 名詞陽性變陰性的一般規則，是在陽性名詞字尾加上 -e。

陽性	陰性
un[2] ami 男性朋友	**une amle** 女性朋友
un étudiant 男大學生	**une étudiante** 女大學生
un voisin 男鄰居	**une voisine** 女鄰居
un Français 法國人（男）	**une Française** 法國人（女）

⚠ 如果字尾原本是子音字母，加上 -e 之後發音上會有變化。

---

1 本書第三、四章中出現的名詞解說，均會標明陰陽性。其中（n.m.）表示陽性名詞（nom masculin），而（n.f.）表示陰性名詞（nom féminin）。

2 un/une 分別為陽性／陰性的單數不定冠詞，不定冠詞的講解詳見下一個單元的「冠詞」。

② 本身以 -e 結尾的名詞，其陰陽性寫法無變化。

陽性	陰性
un artiste 男藝術家	**une artiste** 女藝術家
un journaliste 男記者	**une journaliste** 女記者
un malade 男病人	**une malade** 女病人
un locataire 男房客	**une locataire** 女房客

③ 有些陽性名詞是透過字尾的變化，來構成陰性形式的，如下表：

字尾變化	陽性	陰性
-er → -ère	**étranger** 男性外國人	**étrangère** 女性外國人
-eur → -euse	**vendeur** 男銷售員	**vendeuse** 女銷售員
-teur → -trice/-teuse	**acteur** 男演員	**actrice** 女演員
-f → -ve	**veuf** 鰥夫	**veuve** 寡婦
-x → -se	**époux** 丈夫	**épouse** 妻子
-el → -elle	**colonel** 上校	**colonelle** 上校夫人
-c → -que/-cque	**Grec** 男希臘人	**Grecque** 女希臘人
-en → -enne	**gardien** 男看守人	**gardienne** 女看守人
-on → -onne	**champion** 冠軍得主（男）	**championne** 冠軍得主（女）

-an → -anne	**paysan** 男農夫	**paysanne** 女農夫
-eau → -elle	**jumeau** 雙胞胎兄弟	**jumelle** 雙胞胎姊妹

④ 其他表示事物或抽象概念的名詞，其陰陽性是約定俗成的，需要單獨記憶。

陽性	陰性
un livre 書	**une table** 桌子
un camion 卡車	**une voiture** 小轎車
un lit 床	**une armoire** 衣櫃
un espoir 希望	**une vie** 生命

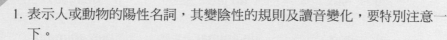
重點提示

1. 表示人或動物的陽性名詞，其變陰性的規則及讀音變化，要特別注意一下。
2. 表示事物或抽象概念之名詞的陰陽性是相對固定的，不會變化，建議在記憶這些名詞時連同冠詞一起記。

2 名詞的單複數

　　法語的名詞分單數（le singulier）和複數（le pluriel）。名詞單複數的變化規則如下：

　　① 一般來說，單數名詞字尾加 s 即構成該單字的複數形態。本身就以 -s, -x 或 -z 結尾的單數名詞，複數形態不變。

字母與發音

字母

母音

子音

半母音

語音知識

基礎文法與構句

最常用的分類單字

日常短句與情境會話

單數	複數
un garçon 一個男孩	**des³ garçons** 幾個男孩
une fleur 一朵花	**des fleurs** 一些花

單數	複數
un bus 一輛公車	**des bus** 幾輛公車
une noix 一顆核桃	**des noix** 一些核桃

⚠ 法語字尾的 -s 和 -x 一般不發音，所以名詞單複數讀音無差別。

② 有些單數名詞變複數時，字尾變化為特殊形式⁴，如下表：

字尾變化	單數	複數
-au → -aux **-eau → -eaux** **-eu → -eux**	**un tuyau** 管子 **un gâteau** 一個蛋糕 **un jeu** 一個遊戲	**des tuyaux** 一些管子 **des gâteaux** 一些蛋糕 **des jeux** 一些遊戲
-al → -aux	**un animal** 一隻動物	**des animaux** 一些動物

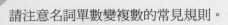 重點提示 ....

請注意名詞單數變複數的常見規則。

---

3 des 為複數不定冠詞，不定冠詞的講解詳見下一個單元的「冠詞」。

4 其它特殊變化會在後面單元中出現的相關單字中標註。

二、限定詞

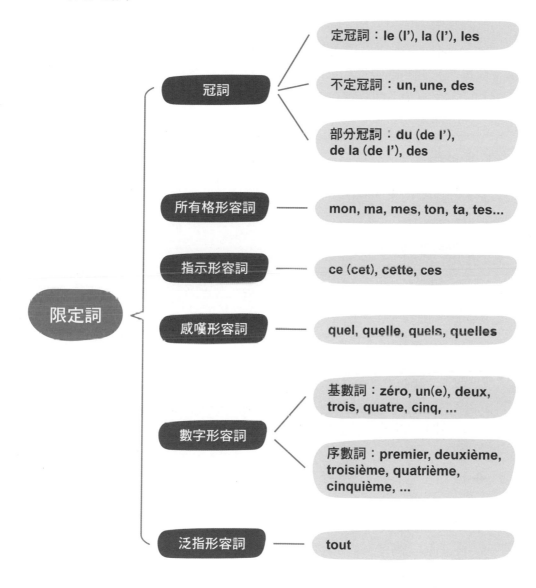

限定詞（déterminant）是一種輔助詞，用來限定或引導名詞。從詞性上看，限定詞的兩大組成部分是冠詞和形容詞。使用時，需注意限定詞與代詞的區分。

字母與發音

字母

母音

子音

半母音

語音知識

基礎文法與構句

最常用的分類單字

日常短句與情境會話

1 冠詞

冠詞是限定詞的一種。限定詞用來引導名詞，同時也用來限定名詞。冠詞可表示名詞的陰陽性、單複數，同時也能明確指出某名詞，或是泛指某名詞。此外，冠詞的陰陽性和單複數必須與它所限定的名詞一致。以下分別從定冠詞、不定冠詞、部分冠詞來介紹。

（1）定冠詞

定冠詞主要用來明確指出某名詞。

1〉定冠詞的形態

	陽性	陰性
單數	le (l')	la (l')
複數	les	les

◆ le 用在（以子音或噓音 h 開頭的）陽性單數名詞之前，如 le frère（兄弟）。

◆ la 用在（以子音或噓音 h 開頭的）陰性單數名詞之前，如 la sœur（姐妹）。

◆ les 用在複數名詞之前，不論其陰陽性，如 les mains（手）和 les cheveux（頭髮）。

◆ l' 用在以母音或啞音 h 開頭的名詞之前，l' 其實是從 le 或 la 產生母音省略之後的形式，如 l'eau（水），l'homme（人類）。

2〉定冠詞的基本用法

◆ 表示前面已經提到過的人或事物。

例如：Il y a un garçon dans la classe. C'est **le** fils de mon professeur.
教室裡有一個男孩。是我老師的兒子。（第二次提及「男孩」的時候用定冠詞）

◆ 表示交談雙方都熟知的人或事物。

　　例如：Ouvrez **le** livre.

　　　　　請打開書。（定冠詞 le 表示對話雙方都知道是哪一本書）

◆ 在句中被限定的人或事物。

　　例如：C'est **la** table **de** Philippe.

　　　　　這是菲力浦的桌子。（「桌子」被限定為是菲力浦所屬的）

◆ 用來表示整體概念。

　　例如：J'aime **la** bière.

　　　　　我喜歡啤酒。（定冠詞表示只要是「啤酒」，我都喜歡）

◆ 表示獨一無二的事物。

　　例如：**Le** soleil brille.

　　　　　太陽閃耀著。（太陽只有一個）

3〉介系詞與冠詞的縮寫

　　定冠詞 le 和 les 在介系詞 à 或 de 的後面時，會發生縮寫的現象，有人稱之為縮合冠詞。

à 與 le 的縮寫	de 與 le 的縮寫
à + le = au	de + le = du
à + les = aux	de + les = des

◆ à + le = **au**

　　例如：Il répond **au** professeur.

　　　　　他回答老師。

◆ à + les = **aux**

　　例如：Le paysan va **aux** champs.

　　　　　那位農民去田地裡。

◆ de + le = **du**

　　例如：Elle vient **du** parc.

　　　　　她從公園過來。

字母與發音

字母

母音

子音

半母音

語音知識

基礎文法與構句

最常用的分類單字

日常短句與情境會話

◆ de + les = **des**

例如：Ce sont les peintures **des** enfants.

　　　這些是孩子們的繪畫。

定冠詞 la 或縮寫冠詞 l' 出現在 à 或 de 後面時不必縮寫。

例如：aller **à la** banque

　　　去銀行

　　　le père **de l'**enfant

　　　孩子的父親

（2） 不定冠詞

不定冠詞用來表示不被明確指定的人事物，相當於中文的「一個」「某個」「一些」「某些」。

1〉定冠詞的形態

	陽性	陰性
單數	un	une
複數	des	des

◆ un 用在陽性單數名詞前，如 un roman（一本小說）。

◆ une 用在陰性單數名詞前，如 une fenêtre（一扇窗戶）。

◆ des 用在複數名詞前，不論陰陽性，如 des portables（幾支手機）。

2〉不定冠詞的基本用法

◆ 初次提到的人或事物。

例如：C'est **un** bonbon.

　　　這是一顆糖果。

◆ 表示交談雙方所知的任何不特定的人或事物。

　　例如：Donnez-moi **un** timbre.

　　　　　請給我一張郵票。（任何一張郵票都可以）

◆ 名詞被不具限定作用的形容詞給修飾時。

　　例如：**Un** soleil rouge brille.

　　　　　紅紅的太陽閃耀著。

◆ 複數名詞前有形容詞時，要改用 de 來代替 des

　　例如：Il y a **de** grandes montagnes dans cette région.

　　　　　這個地區有一些高山。

（3） 部分冠詞

　　部分冠詞也表示不特定指名的事物，但它用在不可數名詞之前；不定冠詞則用在可數名詞前。

1〉部分冠詞的形態

	陽性	陰性
單數	du (de l')	de la (de l')
複數	des	des

◆ du 用在（以子音或噓音 h 開頭的）陽性單數名詞之前，如 du bruit（一點噪音）。

◆ de la 用在（以子音或噓音 h 開頭的）陰性單數名詞前，如 de la poussière（一點灰塵）。

◆ des 用在複數名詞之前，不論陰陽性，如 des travaux（一些施工）。

◆ dc l' 用在以母音或啞音 h 開頭的名詞前，如 de l'argent（一點錢）。

字母與發音

字母

母音

子音

半母音

語音知識

基礎文法與構句

最常用的分類單字

日常短句與情境會話

2〉部分冠詞的基本用法

◆ 用在不特定指名的不可數名詞前。

例如：Il mange **du** riz.

他吃米飯。

⚠ 需要注意的是，在「Il aime le riz.（他喜歡米飯。）」一句中用了定冠詞，因為此時 riz 表示事物整體（只要是米飯，他都喜歡）。但就本句「Il mange du riz.（他吃米飯。）」中，他不是吃掉世界上所有的米飯，他只是吃一點點（部分）的飯，因此用部分冠詞。

◆ 用在抽象名詞前。

例如：Elle a **de la** patience. 她有耐心。

⚠ 在「La patience est nécessaire pour réussir.（耐心對於成功是必要的。）」一句中用了定冠詞，因為此時 patience 表示整體概念。但本句中的 de la patience 是部分冠詞的概念。

◆ 與動詞 faire 連用，可以表示從事某種運動或文藝活動。

例如：Nous faisons **du** tennis.

我們打網球。

Ils font **du** droit.

他們學法律。

◆ 用在 il y a 或 il fait 句型中，表示天氣。

例如：Il y a **du** brouillard.

起霧了。

Il fait **du** vent.

颳風了。

字母與發音

字母

母音

子音

半母音

語音知識

基礎文法與構句

最常用的分類單字

日常短句與情境會話

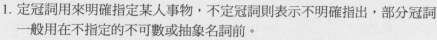

重點提示

1. 定冠詞用來明確指定某人事物，不定冠詞則表示不明確指出，部分冠詞一般用在不指定的不可數或抽象名詞前。
2. 當名詞後面有限定的單字時，一般用定冠詞；名詞後面有修飾詞時，一般用不定冠詞。
3. 定冠詞 le 或 les 在介系詞 à 或 de 的後面時，會發生縮寫的現象。
4. 在完全否定句中，會用介系詞 de 代替直接受詞前的**部分冠詞**和**不定冠詞**。[1]

2 限定形容詞

　　法語的形容詞可分為**限定形容詞**（用來限定或說明相關的名詞）和**品質形容詞**（表示人或物的性質和狀態）。不論是哪一類形容詞，都要與其限定的名詞保持陰陽性、單複數一致。

（1） 所有格形容詞

　　所有格形容詞表示一種所屬的關係，用在人或事物的名詞之前，指出該名詞為誰所屬。所有格形容詞要與所限定的名詞在陰陽性、單複數上保持一致，而與所擁有者本人的性別、單複數無關（這一點與英文不同）。

1〉所有格形容詞的形態

中文	在陽性單數名詞前	在陰性單數名詞前	在複數名詞前
我的	mon	ma	mes
你的	ton	ta	tes
他（她）的	son	sa	ses

---

1 詳見Unité 2 構句2.3 否定句該小節中的相關內容。

中文	在陽性單數名詞前	在陰性單數名詞前	在複數名詞前
我們的	notre	notre	nos
你們的（您的）	votre	votre	vos
他（她）們的	leur	leur	leurs

2〉所有格形容詞的用法

◆ 所有格形容詞的人稱與所有者保持一致，也就是說，當前面提到 il（他），那麼其所有格形容詞就是 son 或 sa 或 ses（他的）。不過所有格形容詞的性別與數量則要與所限定的名詞（即被擁有者）保持一致，與所有者的性別與數量無關（這一點與英語不同）。

例如：Sophie aime **son** père.

索菲愛她的父親。

（儘管 Sophie 是女孩，但因為 père 為父親，是陽性名詞，所以要使用陽性的 son，而不是 sa。）

◆ 所有者是複數（如孩子們），被擁有者為單數（如一位媽媽）時，所有格形容詞用單數形式。

例如：Les enfants aiment **leur** mère.

孩子們愛他們的母親。

◆ 在以母音字母或啞音 h 開頭的陰性單數名詞前，ma, ta, sa 因發音需要分別改為 mon, ton, son。

例如：mon école 我的學校

son ancienne maison 他的老房子

（2） 指示形容詞

指示形容詞主要是用來指稱人或事物的名詞。

1〉指示形容詞的形態

指示形容詞分為簡單形式和複合形式，相當於中文裡的「這個」「那個」「這些」「那些」。

	陽性名詞前	陰性名詞前
單數簡單形式	ce (cet)	cette
複數簡單形式	ces	ces
單數複合形式	ce (cet)...-ci, ce (cet)...-là	cette...ci, cette...-là
複數複合形式	ces...-ci, ces...-là	ces...ci, ces...-là

2〉指示形容詞的用法

指示形容詞放在名詞之前，與該名詞保持陰陽性、單複數上的一致。

◆ 在以母音字母或啞音 h 開頭的陽性單數名詞前，由於發音關係，ce 要變成 cet。

例如：**cet h**ôtel 這家飯店　　　　**cet in**terprète 這位口譯員

◆ 簡單形式的指示形容詞常用來特定指名某事物。

例如：Tu a vu **ce** jeune？

你見過這個年輕人嗎？

◆ 複合形式的指示形容詞則用來指出兩個以上的人或事物，-ci 表示離說話者較近的那個人事物，-là 表示離得較遠的那個人事物。

例如：J'aime cette chemise-**ci**, je n'aime pas cette chemise-**là**.

我喜歡這件襯衫，不喜歡那件襯衫。

（3） 感歎形容詞

　　感歎形容詞用在名詞前，主要針對人或事物的性質表示讚賞、驚訝、憤怒、厭惡等情緒。其形態與疑問形容詞相同。

1〉感歎形容詞的形態

　　感歎形容詞的形態與疑問形容詞的相同。

	單數	複數
陽性	quel	quels
陰性	quelle	quelles

2〉感歎形容詞的用法

◆ quel/quelle/quels/quelles + 名詞

　　例如：Quel beau paysage!

　　　　　多美的風景啊！

　　　　　Quelle belle perspective !

　　　　　多麼美好的願景啊！

（4） 數目形容詞

　　數目形容詞分為基數詞和序數詞，前者表示人或事物的數量，後者表示次序。

1〉數目形容詞的形態

法語	阿拉伯數字
zéro	0
un	1
deux	2
trois	3
quatre	4
cinq	5
six	6
sept	7
huit	8
neuf	9
dix	10
onze	11
douze	12
treize	13
quatorze	14
quinze	15
seize	16
dix-sept	17
dix-huit	18
dix-neuf	19
vingt	20
vingt et un	21
vingt-deux	22

字母與發音

字母

母音

子音

半母音

語音知識

基礎文法與構句

最常用的分類單字

日常短句與情境會話

trente	30
quarante	40
cinquante	50
soixante	60
soixante-dix	70
soixante et onze	71
soixante-douze	72
quatre-vingts	80
quatre-vingt-un	81
quatre-vingt-dix	90
cent	100
cent un	101
deux cents	200
deux cent vingt	220
mille	1,000
dix mille	10,000
cent mille	100,000
un million	1,000,000
un milliard	1,000,000,000

2〉基數詞的使用

◆ 21、31、41、51、61、71 是用連接詞 et 連接,如 vingt et un (21), soixante et onze (71);其它數位用連字號連接,如 vingt-deux (22), quatre-vingt-onze (91)。

◆ 包含 un 的數字會有陰陽性變化,un 的陰性形態是 une。如 cinquante et un garçons(51 個男孩),cinquante et une filles(51 個女孩)。

◆ 60 是 soixante。70 以後有一些規則：70 是 soixante-dix（60+10），80 是 quatre-vingts（4×20），90 是 quatre-vingt-dix(4×20+10)。這些都是複合形態的基數詞，由簡單形態構成。

◆ 表示大於 100 的整數時（100, 1000, …），cent 後加 -s，如 300 為 trois cents；但百位後仍有零頭時 cent 不加 -s，如 301 是 trois cent un，310 是 trois cent dix。

◆ mille 也是數詞，但固定不加 s。如 deux mille ouvriers（2,000 名工人）。

◆ zéro, million 及 milliard 是陽性名詞，複數時加 s，後面接名詞時需加 de 引導。如 dix millions **d**'habitants（1,000 萬居民）、des milliards **de** petits insectes（無數小昆蟲）。

3〉序數詞的形態

法語	中文意思
premier/première	第 1
second/seconde 或 deuxième	第 2
troisième	第 3
quatrième	第 4
cinquième	第 5
sixième	第 6
septième	第 7
huitième	第 8
neuvième	第 9
dixième	第 10
onzième	第 11
douzième	第 12
vingtième	第 20

vingt et unième	第 21
vingt-deuxième	第 22
centième	第 100
cent unième	第 101
millième	第 1,000
millionième	第 1,000,000
milliardième	第 1,000,000,000

4〉序數詞的構成與使用

◆ 一般說來，基數詞後加 ième，即構成序數詞。但 premier, première（第 1）例外。「第 2」有兩種形式，分別為 deuxième 或 second/seconde。

◆ 以 -e 結尾的基數詞要先去掉字尾的 e，再加上 -ième。

◆ 因為發音需要，「第 4」、「第 5」、「第 9」，以及「第 11」到「第 16」，在基數詞變序數詞的拼寫過程會發生變化，提醒讀者特別注意。如 cinq – cinquième, neuf – neuvième。

◆ 在像是「第 21」、「第 31」等這種有 un（une）的複合形態之序數詞中，un（une）要變成 unième。但 unième 不單獨使用，只用來構成複合形態之序數詞。

◆ 序數詞做限定詞使用時，要和所限定的名詞保持陰陽性、單複數的一致。只有 premier, première, second, seconde 有陰陽性形態變化。

（5） 泛指形容詞

　　泛指形容詞是一種限定詞，與名詞連用，表示某種不確定的概念，如數量、性質、相似或不同等。這裡我們主要講解常用的泛指形容詞 tout。

　　tout 用作泛指形容詞時，一般位於名詞（包括其限定詞）的前面，與名詞保持性別數量一致，共有四種形態，如下表：

陽性單數	tout
陰性單數	toute
陽性複數	tous（發音為[tu]）
陰性複數	toutes

根據單複數形態的不同，其意義有所區別：

◆ tout＋限定詞＋名詞：單數表示「整個的」，複數表示「所有的」。

例如：Je travaille **tout** le week-end.

我整個週末都在工作。

Tous les étudiants sont partis.

所有的學生都離開了。

◆ tout＋名詞（不帶限定詞）：表示「任何的」「每個」。

例如：**Tout** homme va mourir un jour.

人都會死。

Tout homme est sujet à l'erreur.

人都會犯錯。

◆ 在某些慣用語中，tout 只用單數。

例如：Il a lu ce texte à **toute** vitesse.

他用最快速度讀完這篇文章。（à toute vitesse 全速地）

De **toute** façon, j'irai.

無論如何，我都要去。（de toute façon 無論如何）

Je vais à Paris, à **tout** prix.

我為了去巴黎，不惜一切代價。

◆ 在某些慣用語中，tout 可以用單數，也可以用複數。

例如：à **tout**(**tous**) moment(s)

在任何時候

◆ tout＋指示代名詞：表示「所有的」。

例如：Il fait **tout** ce qu'il faut.

他做了他應該做的。

字母與發音

字母

母音

子音

半母音

語音知識

基礎文法與構句

最常用的分類單字

日常短句與情境會話

1. 所有格形容詞的人稱與所有者保持一致，性別與數量則要與所限定的名詞（即被擁有者）保持一致。在以母音字母或啞音 h 開頭的陰性單數名詞前，ma, ta, sa 因發音需要分別改為 mon, ton, son。
2. 指示形容詞和所限定的名詞性別與數量保持一致，以母音或啞音 h 開頭的陽性單數形容詞或名詞前的 ce 要替換為 cet。
3. 感歎形容詞 quel 要和所限定的名詞性別與數量保持一致。
4. 只有 un/une 及含有 un/une 的複合形式的基數詞會有陰陽性的變化。基數詞變序數詞一般規則是在字尾加 -ième，「第 5」、「第 9」等在基數詞變序數詞的拼寫過程會發生變化。序數詞只有 premier/première, second/seconde 有陰陽性變化。
5. 泛指形容詞 tout 有 4 種不同形態，要和所限定的名詞保持性別數量的一致。不同形式的 tout 在句型中有不同的意思。

三、品質形容詞

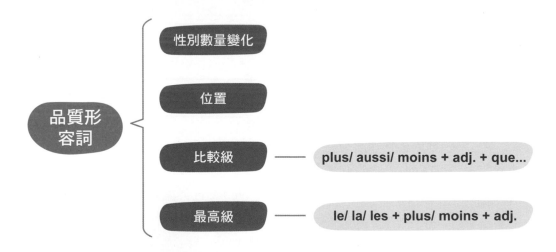

品質形容詞（l'adjectif qualificatif）簡稱形容詞，是表示人或事物的性質或狀態的詞類。在法語中，形容詞從意義上可分為兩類：**1) 性質形容詞**，即用於說明人或事物的性質，如 long（長的）、rouge（紅的）、froid（冷的）等；**2) 關係形容詞**，即說明所修飾名詞所屬關係，如 agricole（農業的）、culturel（文化的）等。

字母與發音

字母

母音

子音

半母音

語音知識

基礎文法與構句

最常用的分類單字

日常短句與情境會話

1 形容詞的陰陽性、單複數變化

品質形容詞要與它所修飾的名詞保持陰陽性、單複數的一致。

例如：un **petit** garçon

一個小男孩

une **petite** fille

一個小女孩

des étudiants **sympathiques**

熱情的大學生們

1〉形容詞陰陽性變化規則

◆ 一般情況下，以子音字母結尾的形容詞在字尾加上 -e，即得到相應的陰性形態。

⚠ 此時的陰性詞因為加上了 e，所以原本的字尾子音字母要發音。

◆ 本來就以 -e 結尾的形容詞，若要轉變成陰性形態，其拼法不變。

◆ 有些陽性形容詞透過字尾的變化，可構成陰性形式。常見字尾陰陽性變化形態請見下表。

字尾變化	陽性	陰性	釋義
字尾 +e（基本規則）	lent	lente	慢的
以 -e 結尾，不變化	facile	facile	容易的
-er → -ère	cher	chère	貴的
-f → -ve	neuf	neuve	新的
-c → -que -c → -che	public franc	publique franche	公共的 坦率的
-el → -elle	naturel	naturelle	自然的

字尾變化	陽性	陰性	釋義
-eux → -euse	honteux	honteuse	可恥的
-g → -gue	long	longue	長的
-s/-x → -sse	bas faux	basse fausse	低的 假的
-(i)en → -(i)enne	européen	européenne	歐洲的

⚠ 特定幾個形容詞的陰陽性有特殊形態變化，如下表：

陽性單數	在以母音或啞音 h 開頭的陽性單數名詞前	陰性單數	釋義
beau	bel	belle	漂亮的
nouveau	nouvel	nouvelle	新的
vieux	vieil	vieille	老的，舊的
fou	fol	folle	瘋狂的
mou	mol	molle	柔軟的

例如：un **bel a**mi 一位漂亮的朋友

un **nouvel** hôtel 一間新的飯店

une **folle** histoire 一個瘋狂的故事

2〉形容詞單複數變化規則，跟名詞的變化規則一致

◆ 形容詞單數形態後加 -s（s 不發音）即得到複數形態，但本身單數形式是以-s, -x, -z 結尾的形容詞，其複數形式不變。

◆ 特定幾個形容詞的單複數有特殊形態變化。

字尾變化	單數	複數	釋義
字尾+s（基本規則）	intelligent	intelligents	聰明的
以-s, -x 結尾，不變化	gris mystérieux	gris mystérieux	灰色的 神秘的
-eau → -eaux	beau	beaux	漂亮的
-al → -aux	national	nationaux	民族的

◆ 形容詞要變成陰性複數時，得先把陽性單數變成陰性單數，再改成複數形態。

例如：des étudiantes **intelligentes**

聰明的女大學生們

◆ 修飾的名詞中有陽性詞也有陰性詞時，形容詞統一用陽性複數形。

例如：des étudiants **intelligents**

聰明的大學生們

（此時，這些學生可能都是男生，也有可能是有男有女）

2 形容詞的位置

形容詞在句子中可作表語和修飾語。

◆ 表語：用於句子中

例如：La femme de Simon est **blonde**.

西蒙的太太有一頭金髮。

◆ 修飾語：一般放在所修飾的名詞後面。

例如：un veste **rouge** 一件紅色的上衣

une maison **cossue** 一幢豪宅

◆ 只有少數幾個常用的單音節、雙音節形容詞放在名詞前面，如 beau（美麗的）、joli（漂亮的）、grand（大的、高的）、petit（小的、矮的）、gros（胖的）、bon（好的）、mauvais（壞的）、vieux（老的）、jeune（年輕的）等。

例如：Le soir, elle fait ses devoirs dans sa **petite** chambre.

晚上，她在自己的小房間裡做作業。

C'est un **bon** livre, je vient de le lire.

這是一本好書，我剛讀過。

La cause de ce **mauvais** résultat est quoi?

造成這個壞結果的原因是什麼？

3 形容詞的比較級

品質形容詞的比較級，可分成下面三種情況。

	結構
較高比較	**A + plus + *adj.* + que + B**（比較的對象）
同等比較	**A + aussi + *adj.* + que + B**（比較的對象）
較低比較	**A + moins + *adj.* + que + B**（比較的對象）

例如：Elle est **plus** grande **que** son frère.

她比她的弟弟高。

Cet appartement est **aussi** cher **que** le mien.

這間公寓和我的一樣貴。

Ce film est **moins** amusant **que** le roman original.

這部電影沒有原著小說有趣。

從上下文中若能清楚知道比較的雙方是誰時，「que + 比較的對象」有時可省略。

例如：Ma chambre est claire, sa chambre est **aussi** claire.

我的房間很明亮，他的房間一樣明亮。（字尾省略了 que ma

字母與發音

字母

母音

子音

半母音

語音知識

基礎文法與構句

最常用的分類單字

日常短句與情境會話

chambre）

⚠ 形容詞 bon/bonne（好的）的比較級是 meilleur/meilleure（更好的），如 une meilleure idée（一個更好的主意）。

4 形容詞的最高級

法語形容詞的最高級，表示「最…的」，結構如下：

$$
\left.\begin{array}{l} \textbf{le} \\ \textbf{la} + \\ \textbf{les} \end{array}\right\rbrace \left\lbrace\begin{array}{l} \textbf{plus} \\ \\ \textbf{moins} \end{array}\right. \textit{adj.} + \textbf{de} + 比較的範圍（名詞）
$$

◆ 形容詞在名詞的前面時，順序為 le（la 或 les）+ plus（moins）+ 形容詞 + 名詞。

例如：Luc est **le plus** grand garçon **de** notre classe.

呂克是我們班最高的男生。

◆ 形容詞在名詞的後面時，順序為 le（la 或 les）+ 名詞 + le（la 或 les）+ plus（moins）+ 形容詞。

例如：Luc est **le** garçon **le plus** robuste **de** notre classe.

呂克是我們班最強壯的男生。

⚠ 形容詞 bon/bonne（好的）的最高級是 le meilleur（la meilleure, les meilleurs, les meilleures）（最好的），如 mon **meilleur** ami（我最好的朋友）。

重點提示 ....

1. 品質形容詞要與它所修飾的名詞保持陰陽性、單複數的一致。其性別數量變化規則與名詞的相似。
2. 品質形容詞一般放在所修飾的名詞後面，少數幾個常用的單音節、雙音節形容詞放在名詞前面。
3. 形容詞的比較級是由「plus/aussi/moins ＋形容詞」構成，後面有比較的對象時，會用連接詞 que 連接。
4. 形容詞的最高級是由「定冠詞（le/la/les）＋ plus/moins ＋形容詞」構成。

四、動詞

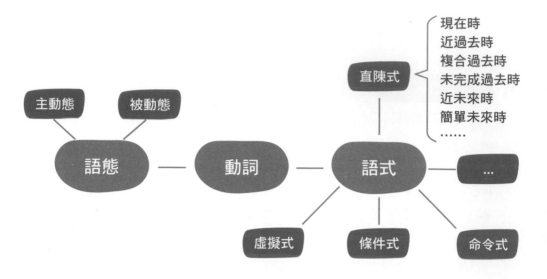

　　動詞用來表示動作和狀態，可分為及物動詞、不及物動詞、系動詞、反身動詞、搭配非人稱代名詞 il 的動詞等。法語動詞的基本形態叫做不定式（l'infinitif），但在表達的時候需要根據人稱、時態、語氣等改變其動詞形態，也就是動詞變化。

1 動詞的分類

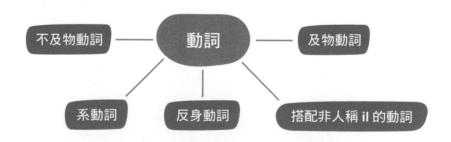

（1） 及物動詞

　　及物動詞（le verbe transitif, 簡寫為 v.t.）表示動詞由主詞引導，並作用於受詞。及物動詞又分成「直接及物動詞」（le verbe transitif direct，

簡寫為 v.t.dir.）和「間接及物動詞」（le verbe transitif indirect，簡寫為 v.t.indir.）。

1〉直接及物動詞

直接及物動詞直接作用於受詞，動詞和受詞之間沒有介系詞，如 rencontrer qn.（遇見某人）。

句型結構：主詞＋動詞＋直接受詞

例如：Les Chinois **préfèrent** le thé.

中國人更喜歡茶。

2〉間接及物動詞

間接及物動詞需要透過介系詞（如 à 或 de）作用於受詞，如 écrire à qn.（寫信給某人）。

句型結構：主詞＋動詞＋介系詞＋間接受詞

例如：Les élèves <u>**répondent aux**</u> questions du professeur.

學生們回答老師的問題。

3〉接續兩個受詞的動詞

許多直接及物動詞可以同時接續兩個受詞：直接受詞和間接受詞，且有多種句型結構。

句子結構：raconter *qch.* à *qn.*

例如：La mère <u>**raconte**</u> des histoires à ses enfants tous les soirs.

媽媽每天晚上給孩子們講故事。

句子結構：aider *qn.* à faire

例如：Ils nous <u>**aident**</u> à faire nos études.

他們幫助我們學習。

句子結構：remercier *qn.* de *qch.*

例如：Je vous <u>**remercie**</u> de votre aide.

我感謝您的幫助。

字母與發音

字母

母音

子音

半母音

語音知識

基礎文法與構句

最常用的分類單字

日常短句與情境會話

（2） 不及物動詞

不及物動詞（le verbe intransitif, 簡寫為 v.i.）所表示的動作只與主詞相關，不帶受詞。

句型結構：主詞＋動詞

例如：Il arrive.

他來了。

Nous travaillons ensemble.

我們一起工作。

（3） 系動詞

系動詞後面跟隨名詞、形容詞、代名詞，用來說明主詞的身分、屬性等。常見的系動詞包括：être 是, paraître 似乎, devenir 成為, rester 處於等。

句型結構：主詞＋動詞＋補語

例如：Elle **est** allemande.

她是德國人。

Il **devient** professeur.

他成為了老師。

（4） 反身動詞

反身動詞指的是和「反身代名詞」一起使用的動詞，如 se coucher（睡覺）, se maquiller（化妝）等，se 就是「反身代名詞」。反身動詞用在句子裡的時候，反身代名詞（se）的人稱、陰陽性、單複數要和主詞保持一致。
例如：Je me couche.（我睡覺；我躺下）, Elle se maquille.（她化妝。）

（5） 搭配非人稱代名詞 il 的動詞

某些動詞只和第三人稱單數主詞搭配，即 il，此時 il 並不表示任何人或事物，只是一個中性代名詞。法語中有很多非人稱結構，下面僅舉幾例。

◆ 表示「天氣」的動詞。

例如：**Il** pleut.

下雨。

Il neige.

下雪。

Il fait beau.

天氣晴朗。

◆ 表示「存在」的 **il y a** +名詞。

例如：**Il y a** beaucoup de monde dans le bus.

公車上人很多。

◆ 表示「時間」。

例如：**Il est** huit heures.

八點了。

◆ 表示「需求」的 **il faut** +名詞／動詞不定式。

例如：**Il faut** un bon ordinateur pour cette mission.

做這個任務需要一台好的電腦。

Il faut faire du sport tous les jours.

應當每天做運動。

字母與發音

字母

母音

子音

半母音

語音知識

基礎文法與構句

最常用的分類單字

日常短句與情境會話

---

2 語態

1〉法語語態分為主動態和被動態

◆ 「主動態」說明主詞是動作執行者，受詞是動作的承受者，主詞放在動詞、受詞之前。

例如：Il fait ses devoirs d'anglais.

他做英語作業。

Nous prenons le métro pour aller au bureau.

我們搭地鐵上班。

◆ 「被動態」則是動作的承受者當作主詞。只有直接及物動詞才有被動態。

2〉句型結構：主詞＋助動詞 être ＋直接及物動詞的過去分詞＋par（或 de）＋動作執行者

例如：Cette entreprise est dirigée par Madame Robert.

這家企業由羅伯特女士領導。

La terre est couverte de neige.

大地被白雪覆蓋。

⚠ 被動態的時態由助動詞 être 來呈現，被動態中的過去分詞要和主詞保持陰陽性、單複數的一致。有時，在上下文明確知道雙方的情況下，動作執行者可以被省略。

3　語式、時態、動詞變化

1〉語式

不同的語式可以呈現出不同的「語氣」。法語的語式分為六種：直陳式、命令式、條件式、虛擬式、不定式和分詞式。本章節簡單介紹前面四種語式。

2〉時態

時態用來表示動作或狀態相對於時間的關係，我們透過時態可以看出動作發生在過去、現在還是未來。法語的時態有「簡單時態」和「複合時態」之分。簡單時態只有動詞本身的變化，而複合時態則由「助動詞＋動詞的過去分詞」構成。

3〉動詞變化

動詞會因人稱、語態、語式、時態等因素有不同的形態變化，即動詞變化。根據字尾的形式，動詞可分為三組：

◆ 第一組動詞為以 **-er** 結尾（aller 除外）的規則動詞

◆ 第二組動詞為以 **-ir** 結尾的規則動詞

◆ 第三組動詞為不規則動詞

直陳式現在時是法語動詞變化的基礎。

（1） 直陳式

直陳式表示現在、過去或未來實際發生的動作，句子可以是肯定句、否定句，也可以是疑問句。直陳式包括幾種最常見的時態，介紹如下。

| 未完成過去時 | 複合過去時 | 近過去時 | 現在時 | 近未來時 | 簡單未來時 |
| le passé imparfait | le passé composé | le passé récent | le présent | le futur proche | le futur simple |

1〉現在時（le présent）

① 直陳式現在時的結構

◆ 對於以 -er 結尾的第一組動詞（aller 除外），去掉字尾的 -er 後，依主詞人稱代名詞 je, tu, il/elle, nous, vous, ils/elles 的順序，分別在字尾加上 -e, -es, -e, -ons, -ez, -ent。

例如：

parler（說話）	
je parle	nous parlons
tu parles	vous parlez
il/elle parle	ils/elles parlent

◆ 對於以 -ir 結尾的第二組動詞，去掉字尾的 -ir 後，依主詞人稱代名詞 je, tu, il/elle, nous, vous, ils/elles 的順序，分別在字尾加上 -is, -is, -it, -issons, -issez, -issent。

字母與發音

字母

母音

子音

半母音

語音知識

基礎文法與構句

最常用的分類單字

日常短句與情境會話

例如：

finir（結束）	
je finis	nous finissons
tu finis	vous finissez
il/elle finit	ils/elles finissent

◆ 第三組動詞變化則需要特別去記。本章節最後收錄了常見第三組不規則動詞的直陳式現在時變化供讀者查詢。

② **直陳式現在時的基本用法**

◆ 表示說話時正在進行的動作。

例如：Où **est** ma petite sœur? 我妹妹在哪？

－Elle **regarde** la télévision à la maison.

她在家看電視。

◆ 表示現在經常重複的動作。一般有經常搭配的時間複詞 tous les jours（每天）、toujours（總是）、souvent（經常）、chaque lundi（每週一）、le dimanche（每週日）。

例如：Il déjeune souvent dans ce restaurant.

他經常在這家餐廳吃午飯。

◆ 表示已經出現且現在仍然持續的狀況。一般有經常搭配的介系詞 depuis（自從）。

例如：Elle **habite** à Paris **depuis** deux ans.

她在巴黎住兩年了。

◆ 表示永恆現象或普遍真理。

例如：La terre **tourne** autour du soleil. 地球圍著太陽轉。

◆ 表示未來肯定會實現的動作（常用於口語中）。

例如：On **part** demain pour Paris. 我們明天出發去巴黎。

2〉近過去時 (le passé récent)

直陳式近過去時由「venir de + 動詞不定式」構成，表示剛剛發生的動作。

> 例如：On **vient de** rentrer.
> 我們剛回來。
> Il **vient de** connaître ces amis.
> 他剛認識這些朋友。

3〉複合過去時 (le passé composé)

直陳式複合過去時表示過去已發生的動作，或從現在看來已經完成的動作。該時態由「助動詞（avoir 或 être）的現在時 + 動詞的過去分詞」構成。

「過去分詞」由不定式（動詞原形）變化而來，結構如下。

① 過去分詞

◆ 第一組動詞去掉字尾 **er**，加上 **é**。如 parler 的過去分詞是 parlé。

◆ 第二組動詞去掉字尾 **ir**，加上 **i**。如 finir 的過去分詞是 fini。

◆ 第三組動詞變化比較不規則，具體可查詢本章節最後收錄的常見不規則動詞變化表。

② 以 avoir 為助動詞的複合過去時

◆ 所有的及物動詞和大部分不及物動詞，在構成複合時態時，會以 avoir 為助動詞。

acheter（買）	
j'ai acheté	nous avons acheté
tu as acheté	vous avez acheté
il/elle a acheté	ils/elles ont acheté

字母與發音

字母

母音

子音

半母音

語音知識

基礎文法與構句

最常用的分類單字

日常短句與情境會話

voyager（旅行）	
j'ai voyagé	nous avons voyagé
tu as voyagé	vous avez voyagé
il/elle a voyagé	ils/elles ont voyagé

③ 以 être 為助動詞的複合過去時

◆ 一小部分不及物動詞（通常是指帶有移動性、狀態變化意義的動詞）和所有的反身動詞（Le verbe pronominal）都以 être 為助動詞。

venir（來）	
je suis venu(e)	nous sommes venu(e)s
tu es venu(e)	vous êtes venu(e)s
il est venu	ils sont venus
elle est venue	elles sont venues

◆ 以 être 作助動詞最常見的移動性、狀態變化意義的動詞，如下：aller（去），venir（來），arriver（到達），descendre（下來），devenir（變成），entrer（進入），monter（上去），mourir（死亡），naître（出生），partir（出發），parvenir（達到），rentrer（返回；回家），rester（停留），retourner（返回；再去），revenir（再來），sortir（出去），tomber（掉下）等。

⚠ 在以 être 為助動詞的複合時態中，過去分詞應當和主詞保持陰陽性、單複數的一致。即如上表所示，當主詞是陰性時，分詞的字尾要加上 -e；複數時，分詞的字尾要加上 -s。

⚠ 反身動詞的過去分詞，其陰陽性、單複數要根據反身代名詞 se 所表示的意義（關於反身代名詞，詳見下一節代名詞部分內容）而定。

se lever（起床，起身）	
je me suis levé<u>(e)</u>	nous nous sommes levé<u>(e)s</u>
tu t'es levé<u>(e)</u>	vous vous êtes levé<u>(e)s</u>
il s'est levé	ils se sont levé<u>s</u>
elle s'est levé<u>e</u>	elles se sont levé<u>s</u>

◆ 反身代名詞 se 可用來表示「反身意義」或「相互意義」，而且在複合過去時中作為直接受詞的時候，過去分詞必須配合反身代名詞 se 的陰陽性、單複數。

例如：***Elle s****'est lavé**e**.

　　　她洗澡了。

在這裡，laver 表示「洗」，是及物動詞。se 在這裡是反身意義，可視為「自己」的意思，所以是直接受詞，整句的字面意義可理解為「她自己洗自己」。因此過去分詞 lavé 要和反身代名詞 se 配合，而這裡的 se 指的就是主詞 elle，所以 lavé 要配合主詞的陰陽性、單複數。主詞 elle 是陰性單數，所以 lavé 後面要加上 e，變成 lavée。

◆ 反身代名詞 se 可表示「反身意義」或「相互意義」，但作為間接受詞時，過去分詞則沒有陰陽性、單複數的變化。

例如：Ils se sont **dit** bonjour.

　　　他們互相問好。

將以上例句還原成句型 dire bonjour à qn.，此時的 se 表示「相互意義」，但因為是動詞 dire bonjour 的間接受詞，因此過去分詞 dit 沒有陰陽性、單複數的變化。

◆ 反身代名詞 se 表示「被動意義」或「絕對意義」時，過去分詞必須配合反身代名詞的性質，也就是同主詞保持陰陽性、單複數的一致。

例如：***La*** fenêtre ***s****'est ouvert**e**.

　　　窗戶開了。

s'ouvrir 中的反身代名詞 se 表示被動，在此表示「窗戶被打開了」，

字母與發音

字母

母音

子音

半母音

語音知識

基礎文法與構句

最常用的分類單字

日常短句與情境會話

主詞 la fenêtre 為陰性單數，所以過去分詞 ouvert 後面要加 e。

④ 複合過去時的用法

◆ 表示說話時已經完成的動作。

例如：Hier soir, je n'**ai** pas bien **dormi**.

昨晚我沒睡好。

Ils **ont trouvé** une solution.

他們找到了一個解決方法。

◆ 表示過去已接續完成的動作。

例如：Il **s'est levé** à 7 heures. Il **s'est lavé**, et puis il **a pris** le petit-déjeuner.

他早上 7 點起床、洗澡，然後吃早飯。

◆ 表示在過去某特定期間做過的動作。

例如：J'**ai vécu** à la campagne avant d'entrer en ville à l'âge de 11 ans.

我 11 歲進城之前曾在鄉下生活。

4〉未完成過去時 (l'imparfait)

「直陳式未完成過去時」也可表示過去發生的事情。

① 直陳式未完成過去時的結構：

◆ 對於絕大多數動詞來說，把第一人稱複數形態（nous）動詞變化字尾的 -ons 去掉，分別加上 ais, ais, ait, ions, iez, aient 即構成未完成過去時。

faire（做）	
je fais**ais**	nous fais**ions**
tu fais**ais**	vous fais**iez**
il/elle fais**ait**	ils/elles fais**aient**

◆ être 的變化較特殊，需特別注意。

être（是）	
j'étais	nous étions
tu étais	vous étiez
il/elle était	ils/elles étaient

② 未完成過去時的用法

◆ 「未完成過去時」表示從過去一直延續的動作或一直存在的狀態。

例如：Quand j'**étais** petit, mes parents et moi **habitions** dans une petite maison blanche.

我小時候，我父母和我住在一幢白色的小房子裡。

◆ 未完成過去時也可表示過去習慣或重複性的動作。

例如：Quand il **était** étudiant, il **faisait** du ski toutes les vacances d'hiver.

他還是大學生的時候，每年寒假都去滑雪。

◆ 描述過去時間裡的人物、時間、背景、心情等。

例如：C'**était** un beau jour. Le soleil **brillait**, et le ciel **était** bleu.

那是美好的一天。陽光普照，天空蔚藍。

◆ 用在 si 引導的獨立子句中，表示委婉的「提議」。

例如：Si on **partait** maintenant?

我們現在離開怎麼樣？

5〉近未來時（Le futur proche）

直陳式近未來時由「動詞 aller + 動詞不定式」構成，此時 aller 不再表示「去」，而只具語法功能，構成近未來時時態，主要表示馬上發生的動作。

例如：La réunion <u>va</u> commencer.

會議快開始了。

字母與發音

字母

母音

子音

半母音

語音知識

基礎文法與構句

最常用的分類單字

日常短句與情境會話

6〉簡單未來時（Le futur simple）

簡單未來時用來表示未來發生的動作或出現的狀態，但不是像「近未來時」那樣表示馬上就要發生的事情。

① 簡單未來時的構成

◆ 對於絕大多數第一組和第二組動詞來說，只要在不定式（動詞原形）後直接加上字尾 ai, as, a, ons, ez, ont 即可。

partir（出發）	
je partirai	nous partirons
tu partiras	vous partirez
il/elle partira	ils/elles partiront

◆ 以 -re 結尾的動詞先去掉字尾的 -e，再按人稱順序分別加上上述字尾。

répondre（回答）	
je répondrai	nous répondrons
tu répondras	vous répondrez
il/elle répondra	ils/elles répondront

◆ 大多數第三組動詞變成簡單未來時的時候，字根會發生變化，但字尾仍依序為 ai, as, a, ons, ez, ont。下表列出部分常見第三組動詞的簡單未來時變化，其他變化會在後面章節中出現時加以注釋：

avoir（有）	
j'aurai	nous aurons
tu auras	vous aurez
il/elle aura	ils/elles auront
être（是）	
je serai	nous serons
tu seras	vous serez
il/elle sera	ils/elles seront
savoir（知道）	
je saurai	nous saurons
tu sauras	vous saurez
il/elle saura	ils/elles sauront
venir（來）	
je viendrai	nous viendrons
tu viendras	vous viendrez
il/elle viendra	ils/elles viendront

字母與發音

字母

母音

子音

半母音

語音知識

基礎文法與構句

最常用的分類單字

日常短句與情境會話

aller（去）	
j'irai	nous irons
tu iras	vous irez
il/elle ira	ils/elles iront
faire（做）	
je ferai	nous ferons
tu feras	vous ferez
il/elle fera	ils/elles feront

② 簡單未來時的用法

◆ 簡單未來時用來表示未來發生的動作或出現的狀態，但不是像「近未來時」那樣表示馬上就要發生的事情。不過距離說話的時間間隔可長可短。

例如：Nous **aurons** une fête ce soir.

我們今晚將可能會有個聚會。

Ils **rentreront** dans deux mois.

他們兩個月後將可能會回來。

◆ 也可表示婉轉的請求或命令。

例如：Je vous **prierai** de ne pas le faire.

請您不要這麼做。

字母與發音

字母

母音

子音

半母音

語音知識

基礎文法與構句

最常用的分類單字

日常短句與情境會話

重點提示 ∙∙

1. 注意直陳式各時態的變化規律，其中「現在時、未完成過去時、簡單未來時」是在動詞本身發生字尾變化的簡單時態，而「複合過去時」是以助動詞加上過去分詞構成的複合時態。

2. 動詞變化是法語學習的重要基礎之一，需要學習者花點時間去記憶。

3. 區分「複合過去時」和「未完成過去時」的用法：「複合過去時」表示一瞬間完成的動作或者在過去連續發生的動作，而「未完成過去時」表示習慣性、延續性的動作或描述事件發生時的人物、背景等。

（2） 命令式

動詞命令式用來表示命令或請求，只會用到第二人稱單數（tu 你）、第二人稱複數（vous 您或你們）以及第一人稱複數（nous 我們）這三種形式。

一般來說，把直陳式現在時的主詞去掉，就構成命令式。

	直陳式現在時	肯定命令式	否定命令式
parler	tu parles nous parlons vous parlez	parle parlons parlez	ne parle pas ne parlons pas ne parlez pas
prendre	tu prends nous prenons vous prenez	prends prenons prenez	ne prends pas ne prenons pas ne prenez pas

◆ 第一類動詞的第二人稱單數（tu 你）的命令式字尾不加 s。也就是說，直陳式現在時是 tu parles（你說），字尾有 s；但命令式就是 parle（否定為 ne parle pas），字尾沒有 s。包括 aller 在內以 -er 結尾的動詞，以及 ouvrir, cueillir 等動詞都需要去掉 s。

◆ 動詞 être（是）、avoir（有）和 savoir（知道）的命令式動詞變化較特殊。

	直陳式現在時	肯定命令式	否定命令式
être	tu es nous sommes vous êtes	sois soyons soyez	ne sois pas ne soyons pas ne soyez pas
avoir	tu as nous avons vous avez	aie ayons ayez	n'aie pas n'ayons pas n'ayez pas
savoir	tu sais nous savons vous savez	sache sachons sachez	ne sache pas ne sachons pas ne sachez pas

◆ 動詞命令式表示命令、鼓勵、請求等意義。

例如：**Entrez**, s'il vous plaît.

　　請進。

　　Viens demain!

　　明天來吧！

　　Ne **parle** pas à Marc!

　　別跟馬克說話！

◆ 在「肯定命令句」中，如果有直接受詞人稱代名詞，要把直接受詞人稱代名詞放在動詞後面，但 me 和 te 要分別變成 moi 和 toi，其它不變。

例如：Regarde-**moi**!

　　看著我！

　　Donnez-**lui** ce dictionnaire.

　　把這本字典給他。

◆ 在「否定命令句」中，直接受詞人稱代名詞放在動詞前面。[6]

例如：Ne **nous** abandonnons pas!

　　我們別氣餒！

---

6 受詞人稱代名詞的位置問題詳見本章第 5 節代名詞篇的第七個要點「受詞人稱代名詞的位置」。

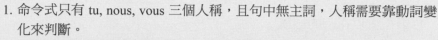

重點提示 ··

> 1. 命令式只有 tu, nous, vous 三個人稱，且句中無主詞，人稱需要靠動詞變化來判斷。
> 2. -er 結尾的動詞及特定幾個 -ir 結尾的動詞，在做 tu 人稱的命令式變化時要去掉字尾的 -s。
> 3. 受詞人稱代名詞在肯定命令式中放在動詞後，在否定命令式中放在動詞前。

（3） 條件式

條件式主要表示在一定條件下可能發生的動作，分為現在時和過去時兩種時態，本書涉及的範圍主要是條件式現在時。

① 「條件式現在時」由**簡單未來時**的字根加上字尾 ais, ais, ait, ions, iez, aient 構成。

② 條件式現在時在獨立句中，可以表示委婉請求的用法。

例如：Je **voudrais** réserver un billet d'avion pour Paris.

我想預訂一張去巴黎的機票。

	rencontrer（遇見）	être（是）
簡單未來時	je rencontrerai	je serai
條件式現在時	je rencontrerais tu rencontrerais il/elle rencontrerait nous rencontrerions vous rencontreriez ils/elles rencontreraient	je serais tu serais il serait nous serions vous seriez ils seraient

（4） 虛擬式

虛擬式是表達主觀意願、情感、判斷的語式，多用於以連接詞 que 引導的子句中。子句是否用虛擬式，要根據主句動詞或片語來確定。

字母與發音

字母

母音

子音

半母音

語音知識

基礎文法與構句

最常用的分類單字

日常短句與情境會話

虛擬式包括虛擬式現在時、虛擬式複合過去時、虛擬式未完成過去時和虛擬式愈過去時四種時態。本書所用到的主要是虛擬式現在時。

① 虛擬式現在時的結構

◆ 對於絕大多數的動詞而言，只要去掉動詞直陳式現在時第三人稱複數（ils/elles）字尾的 ent，再加上字尾 e, es, e, ions, iez, ent 即可。

	parler（說話）	finir（結束）
直陳式現在時第三人稱複數	ils parlent	ils finissent
虛擬式現在時	que je parle que tu parles qu'il/elle parle que nous parlions que vous parliez qu'ils/elles parlent	que je finisse que tu finisses qu'il/elle finisse que nous finissions que vous finissiez qu'ils/elles finissent

◆ 少數第三組動詞的變化情況特殊。下表列出部分常見第三組動詞的虛擬式現在時變化，其他變化會在後面章節中出現時加以注釋。

avoir（有）	
que j'aie	que nous ayons
que tu aies	que vous ayez
qu'il/elle ait	qu'ils/elles aient
être（是）	
que je sois	que nous soyons
que tu sois	que vous soyez
qu'il/elle soit	qu'ils/elles soient

字母與發音

字母

母音

子音

半母音

語音知識

基礎文法與構句

最常用的分類單字

日常短句與情境會話

savoir（知道）	
que je sache	que nous sachions
que tu saches	que nous sachiez
qu'il/elle sache	qu'ils/elles sachent

pouvoir（能夠）	
que je puisse	que nous puissions
que tu puisses	que vous puissiez
qu'il/elle puisse	qu'ils/elles puissent

aller（去）	
que j'aille	que nous allions
que tu ailles	que vous alliez
qu'il/elle aille	qu'ils/elles aillent

faire（做）	
que je fasse	que nous fassions
que tu fasses	que vous fassiez
qu'il/elle fasse	qu'ils/elles fassent

② 虛擬式現在時的基本用法

◆ 用於表達意願。

例如：Je veux qu'il **accepte** mon invitation.

我希望他接受我的邀請。

（句型結構：vouloir que+虛擬式，表示「希望他接受」只是主觀期望，實際上會不會接受邀請並不得而知）

◆ 用於表達感情。

例如：Il est fier que ses élèves **réussissent**.

他為他的學生獲得成功而自豪。

（句型結構：être fier que+虛擬式）

◆ 用於表達必要性。

例如：Il est nécessaire que tout le monde **vienne** demain.

明天大家有必要都來。

（句型結構：il est nécessaire que+虛擬式）

五、代名詞

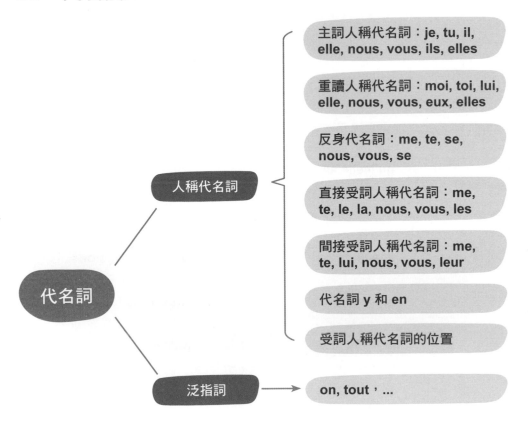

1　人稱代名詞

　　人稱代名詞用來代替對話中或文章中前面提到的名詞或片語，以避免重複。

　　人稱代名詞包括主詞人稱代名詞、重讀人稱代名詞、反身代名詞、直接受詞人稱代名詞、間接受詞人稱代名詞和代名詞 y 和 en 等。

（1）主詞人稱代名詞

　　主詞人稱代名詞主要說明動詞的人稱、性別和數量，在句子中作主詞，不能單獨使用。形態如下表：

中文意義	法語
我	je
你／妳	tu
他（它）	il
她（它）	elle
我們	nous
你們（您）	vous
他（它）們	ils
她（它）們	elles

　　⚠ je 在以母音或啞音 h 開頭的動詞前時要縮寫，如 j'ai。

　　例如：J'ai un ami français.

　　　　　我有個法國朋友。

字母與發音

字母

母音

子音

半母音

語音知識

基礎文法與構句

最常用的分類單字

日常短句與情境會話

◆ 第二人稱複數 vous 用於尊稱「您」時，其形容詞用單數形態。

例如：**Vous** êtes **satisfait** de cet appartement?

您對這間公寓滿意嗎？

◆ 法語不像英語有專門指稱事物的「it（它）」，法語在代稱第三人稱的事物時一般根據其名詞陰陽性判斷其主詞人稱代名詞，選用 il, elle, ils, elles 指稱。

例如：Où est **ma clé**?

我的鑰匙在哪？

－**Elle** est sur le bureau.

它在書桌上。

（2）重讀人稱代名詞

重讀人稱代名詞主要用來強調它所指稱的人或事物，形態如下表：

中文意義	法語
我	moi
你／妳	toi
他（它）	lui
她（它）	elle
我們	nous
你們（您）	vous
他（它）們	eux
她（它）們	elles

◆ 常和主詞人稱代名詞一起使用，作主詞的同位語，以加強語氣。

　　例如：**Moi**, je suis français.

　　　　　我呢，我是法國人。

◆ 用在省略句或答句中。

　　例如：**Moi** aussi.

　　　　　我也是。

◆ 放在 c'est... 後面。

　　例如：C'est **lui**!

　　　　　就是他！

◆ 放在介系詞後面。

　　例如：Elle rentre chez **elle**. 她回到她家了。

（3）反身代名詞

◆ 反身代名詞和動詞共同組成反身動詞，形態如下表：

中文意義	法語
我	me
你／妳	te
他（她，它）	se
我們	nous
你們（您）	vous
他（她，它）們	se

◆ 反身人稱代名詞一般代替主詞，放在動詞前面。

　　例如：Je **m'**appelle Lydia.

　　　　　我叫 Lydia。

字母與發音

字母

母音

子音

半母音

語音知識

基礎文法與構句

最常用的分類單字

日常短句與情境會話

◆ 反身代名詞有四種意義：

    a. 反身意義。如 se laver（洗澡），laver 表示「洗」，而 se laver 則表示 laver 這個動作反作用到主詞自身，「洗自己」，即「洗澡」。

    b. 相互意義。如 se rencontrer（相遇）。

    c. 被動意義。如：Ce vin se vend bien.（這種酒賣得很好）。這裡不是「酒自己賣自己」，而是「酒被賣得好」，所以此時 se 有被動意義。

    d. 絕對意義。有些反身動詞中的反身代名詞沒有語法意義，只是作為區別普通動詞的標誌，如：se mettre à faire（開始做某事）。

（4）直接受詞人稱代名詞

直接受詞人稱代名詞在句中代替直接受詞，一般放在相關動詞前面（肯定命令式除外）。形態如下表：

中文意義	法語
我	me
你／妳	te
他（它）	le
她（它）	la
我們	nous
你們（您）	vous
他（她，它）們	les

◆ me, te, nous, vous 只用來代指人。

例如：Il **nous** rencontre.

他遇到我們。

◆ le, la, les 可以代指人，也可以代指物。

例如：Mes parents, je **les** aime.

我的父母，我愛他們。

例如：Connaissez-vous la France?

您瞭解法國嗎？

－Oui, je **la** connais.

是的，我瞭解它。

（5）間接受詞人稱代名詞

間接受詞人稱代名詞在句中代替間接受詞（間接受詞為人），一般放在相關動詞前面（肯定命令式除外）形態如下表：

中文意義	法語
我	**me**
你／妳	**te**
他（她，它）	**lui**
我們	**nous**
你們（您）	**vous**
他（她，它）們	**leur**

◆ 此代名詞代替介系詞 à 引導的名詞或代名詞，且只用來代指人。

例如：Il **me** téléphone tous les jours.

他每天打電話給我。（téléphoner à qn.）

Tu **lui** donnes ce dictionnaire.

你把這本字典給他。（donner qch. à qn.）

◆ 少數動詞的間接受詞**不能用「間接受詞人稱代名詞」替代**，而要用「à+**重讀人稱代名詞**」。

例如：Mes parents, je pense <u>à eux</u>.

我的父母，我想念他們。

（6） 代名詞 y 和 en

① 代名詞 y

代名詞 y 一般代替句中由介系詞 à, dans, sur 等（de 除外）引導的地方副詞，放在動詞前（肯定命令式除外），無形態變化。

例如：Allez-vous à Marseille pour passer les vacances?

你們要去馬賽度假嗎？

－Oui, nous **y** allons.

是的，我們要去那裡（去馬賽）。(y = à Marseille)

② 代名詞 en

代名詞 en 一般代替「de+名詞」的結構，且代稱事物，放在動詞前（肯定命令式除外），無形態變化。

◆ 代替「部分冠詞+名詞（直接受詞）」。

例如：Tu veux du vin?

你想點酒嗎？

－Oui, j'**en** veux.

是的，我想點。

◆ 代替「不定冠詞+名詞（直接受詞）」，單數冠詞 un 和 une 需要保留，des 不保留，可以代稱人或物。

例如：Avez-vous des frères?

你有兄弟嗎？

－Oui, j'**en** ai.

是的，我有。

Tu prends une pomme? 你要吃顆蘋果嗎？

－Oui, j'**en** prends **une**. 好，我吃一顆。

◆ 代替「數量詞（基數詞、數量副詞等）+（de）+名詞（直接受詞）」結構中的「（de）+名詞」，數量詞保留，可以代稱人或物。

例如：Il a beaucoup d'amis? 他有很多朋友嗎？

　　－Oui, il **en** a **beaucoup**. 是的，他有很多。

　　Elle achète trois jupes? 她買三條裙子嗎？

　　－Oui, elle **en** achète **trois**. 是的，她買三條。

（7） 受詞代名詞的位置

　　直接受詞人稱代名詞、反身代名詞、間接受詞人稱代名詞以及代名詞 y, en 的位置規則相同。

1〉在直陳式和否定命令式中的位置

上面提到的受詞代名詞應位於相關動詞之前。

例如：Je prends des photos à la plage, je vais **les** montrer à mes amis.

　　　我在海灘拍一些照片，我要把它們展示給我的朋友們。（les = les photos；montrer qch. à qn.展示某物給某人）

◆ 當出現兩個受詞代名詞時，位置如下表所示：

主詞	me te se nous vous	le la les	lui leur	y	en	動詞

例如：Ils **nous** envoient cette lettre?

　　　他們寄這封信給我們？

　　－Oui, ils **nous** l'envoient.

　　　是的，他們寄這給我們。（l' = cette lettre; envoyer qch. à qn. 寄某物給某人）

◆ 在否定句中，把受詞人稱代名詞和動詞視為一個整體，將否定詞 ne... pas 位於其兩側。

例如：Il ne **me** parle pas.

他不和我說話。（parler à qn.和某人說話）

例如：Je donne ce contrat au patron ?

我要把這個合約交給老闆嗎？

－Non, ne **le lui** donnez pas !

不，別把這交給他！（le = ce contrat；lui = au patron；donner qch. à qn. 把某物給某人）

◆ 如果相關動詞使用**複合過去時**，上述的代名詞皆位於助動詞前；表示否定時，把受詞人稱代名詞和助動詞視為整體，否定詞 ne... pas 位於其兩側。

例如：Je **les** ai rencontrés hier.

我昨天遇見了他們。

Ils ne **m'**ont pas vu hier.

他們昨天沒看見我。

2〉在肯定命令式中的位置

◆ 上述受詞代名詞應位於相關動詞後，動詞和各代名詞之間用連字號連接 ，而 me, te 要變成重讀人稱形式的 moi, toi。

例如：Parle-**moi**.

和我談談。

Envoyez-**leur** cette lettre!

把這封信寄給他們！

◆ 當出現兩個受詞代名詞時，位置如下表所示：

動詞	le la les	moi toi lui nous vous leur	-y	-en

例如：Je dois donner ce journal à Phillipe?

我得把這份報紙給 Phillipe 嗎？

－Oui, donne-le-lui.

是的，把它給他吧。(l' = ce journal; lui=à Phillipe)

重點提示 ....

1. 注意區分各種人稱代名詞的用法，有時相同的形態可能會是不同的詞性，需要根據句型結構判斷。
2. 反身代名詞只出現在反身動詞中，無論動詞是什麼語式或時態，反身代名詞一定要和其主詞保持性別與數量的一致。
3. 除了重讀人稱代名詞之外的受詞人稱代名詞，其擺放位置都是一致的：在直陳式和否定命令式中位於相關動詞前，在肯定命令式中位於相關動詞後。
4. 句子中出現兩個受詞代名詞時，其擺放位置很容易搞錯，需要學習者多留意。

字母與發音

字母

母音

子音

半母音

語音知識

基礎文法與構句

最常用的分類單字

日常短句與情境會話

2 泛指詞

泛指詞代稱不指定的人、事、物。

（1） on

泛指詞 on 在口語中應用廣泛，僅作主詞，且專指人。

① 動詞變化一般使用第三人稱單數的形式。

◆ 表示無明確所指的人，指「人們」、「有人」。

例如：Au Québec, **on** parle français.

在魁北克省，人們說法語。

On frappe à la porte.

有人敲門。

◆ 表示有明確所指的人，代替 nous, vous, il(s), elle(s)等人稱代名詞。此時接在 on 之後的形容詞應根據實際人物的數量、性別來進行單複數、陰陽性的變化。

例如：**On** va au cinéma?

我們去電影院吧。

Mes enfants, **on** est contents?

孩子們，大家開心嗎？（on = mes enfants）

（2） tout

tout 用作泛指詞時，共有三種形態，如下表：

陽性單數	**tout**
陽性複數	**tous** [唸作 tus]
陰性複數	**toutes**

根據形態不同，其意義有所區別：

◆ 陽性單數 tout，只能代稱事物，表示「一切」。

例如：C'est **tout** pour aujourd'hui. 今天就到這裡了。

　　　Tout est prêt. 一切都準備好了。

◆ 複數 tous, toutes 可代替對話中或文章中前面提到的人或物，表示「全體、全部」。

例如：Il nous connait **tous**.

　　　他認識我們所有人。

　　　Ses filles sont **toutes** belles.

　　　他的女兒們都很漂亮。

字母與發音

字母

母音

子音

半母音

語音知識

基礎文法與構句

最常用的分類單字

日常短句與情境會話

附　動詞變化簡表

être（是）	avoir（有）	aller（去）
été	eu	allé
je suis tu es il/elle est nous sommes vous êtes ils/elles sont	j'ai tu as il/elle a nous avons vous avez ils/elles ont	je vais tu vas il/elle va nous allons vous allez ils/elles vont

faire（做）	prendre（拿）	mettre（放）
fait	pris	mis
je fais tu fais il/elle fait nous faisons vous faites ils/elles font	je prends tu prends il/elle prend nous prenons vous prenez ils/elles prennent	je mets tu mets il/elle met nous mettons vous mettez ils/elles mettent

⚠comprendre（理解）、apprendre（學）等單字的變化同 prendre。

permettre（允許）、promettre（承諾）等單字的變化同 mettre。

savoir（知道）	tenir（拿著）	dire（說）
su	tenu	dit
je sais tu sais il/elle sait nous savons vous savez ils/elles savent	je tiens tu tiens il/elle tient nous tenons vous tenez ils/elles tiennent	je dis tu dis il/elle dit nous disons vous dites ils/elles disent

⚠venir（來）、revenir（回來）、devenir（變成）等單字的變化同 tenir。

interdire（禁止）等單字的變化同 dire，但其第二人稱複數變化為 vous interdisez。

connaître（瞭解）	voir（看見）	sortir（出門）
connu	vu	sorti
je connais tu connais il/elle connaît nous connaissons vous connaissez il/elles connaissent	je vois tu vois il/elle voit nous voyons vous voyez ils/elles voient	je sors tu sors il/elle sort nous sortons vous sortez ils/elles sortent

⚠revoir（重逢）等單字的變化同 voir。

sentir（感覺）等單字的變化同 sortir。

rendre（歸還）	suivre（跟隨）	ouvrir（打開）
rendu	suivi	ouvert
je rends tu rends il/elle rend nous rendons vous rendez ils/elles rendent	je suis tu suis il/elle suit nous suivons vous suivez ils/elles suivent	j'ouvre tu ouvres il/elle ouvre nous ouvrons vous ouvrez ils/elles ouvrent

⚠défendre（保衛，禁止）、perdre（失去）、attendre（等待）等單字的變化同 rendre。

couvrir（覆蓋）、découvrir（發現）、offrir（贈送）等單字的變化同 ouvrir。

partir（出發）	vivre（生活）	croire（相信）
parti	vécu	cru
je pars tu pars il/elle part nous partons vous partez ils/elles partent	je vis tu vis il/elle vit nous vivons vous vivez ils/elles vivent	je crois tu crois il/elle croit nous croyons vous croyez ils/elles croient

éteindre（熄滅）	lire（讀）	conduire（引導）
éteint	lu	conduit
j'éteins tu éteins il/elle éteint nous éteignons vous éteignez ils/elles éteignent	je lis tu lis il/elle lit nous lisons vous lisez ils/elles lisent	je conduis tu conduis il/elle conduit nous conduisons vous conduisez ils/elles conduisent

字母與發音

字母

母音

子音

半母音

語音知識

基礎文法與構句

最常用的分類單字

日常短句與情境會話

dormir（睡覺）	boire（喝）
dormi	bu
je dors tu dors il/elle dort nous dormons vous dormez ils/elles dorment	je bois tu bois il/elle boit nous buvons vous buvez ils/elles boivent

⚠naître（出生）和 mourir（死亡）常用複合過去時。

例如：Elle est **née** le 12 septembre.

　　　她出生於九月 12 日。

　　　Il est **mort**.

　　　他去世了。

六、介系詞

　　介系詞（la préposition）指句子中用於連接兩個單字或片語，表明句中各單字或片語間的關係。在法語中，介系詞在使用時無形態變化。由於法語介系詞（或片語）較多，本節選取最常用的 6 大介系詞進行講解。

1 常用介系詞的用法

（1） à

　　① 表示地點

　　　例如：**à** l'hôpital 在醫院

　　　　　à Paris 在巴黎（à＋城市名）

　　　　　au Japon 在日本（au＋子音開頭的陽性單數國名）

　　　　　aux Etats-Unis 在美國（aux＋複數國名）

　　② 表示方位

　　　例如：**au** sud de 在…的南邊

字母與發音

字母

母音

子音

半母音

語音知識

基礎文法與構句

最常用的分類單字

日常短句與情境會話

au nord de 在…的北邊

à l'ouest de 在…的西邊

à l'est de 在…的東邊

③ 表示時間、方式、距離等

　　例如：à 11 heures 在 11 點

　　　　　à vélo 騎自行車

　　　　　à pied 步行

　　　　　à 20 kilomètres d'ici 離這裡 20 公里

④ 表示特徵、用途、歸屬等

　　例如：un gâteau au chocolat 巧克力蛋糕

　　　　　une machine à laver 洗衣機

　　　　　Cette idée est à Greg. 這是 Greg 的主意。

（2） de

① 表示所屬關係

　　例如：le portable de Léa　Léa 的手機

② 表示數量、材質、原因等

　　例如：un kilo de pommes 一公斤蘋果

　　　　　un mantcau de coton 一件棉大衣

　　　　　sauter de surprise 驚訝地跳起來

③ 表示出身、來源等

　　例如：venir de Rome

　　　　　來自羅馬（de+城市名）

　　　　　revenir d'Italie

　　　　　從義大利回來（de + 省略冠詞的陰性單數國家名）

　　　　　rentrer d'Iran

　　　　　從伊朗回來（de + 省略冠詞的以母音或啞音 h 開頭的陽性單數國家名）

　　　　　partir des Philippines 從菲律賓出發（des + 複數國家名）

155

④ 介系詞 de 和 à 連用，表示「從⋯到⋯」

　　例如：<u>d'</u>ici <u>à</u> mon université 從這裡到我的大學

　　　　　<u>de</u> lundi <u>à</u> vendredi 從週一到週五

（3）**dans**

① 表示地點

　　例如：<u>dans</u> la salle de bain 在浴室裡

　　　　　<u>dans</u> le sud de la Chine 在中國南部地區

② 表示未來的時間（搭配未來時）

　　例如：Ils rentreront <u>dans</u> une semaine.

　　　　　他們一個月後回來。

（4）**en**

① 表示地點

　　例如：<u>en</u> France 在法國（en + 省略冠詞的陰性單數國家名）

　　　　　Ils font un voyage <u>en</u> Europe.

　　　　　他們去歐洲旅行。

② 表示交通方式

　　例如：<u>en</u> avion 搭飛機

　　　　　<u>en</u> train 搭火車

　　　　　<u>en</u> métro 搭地鐵

　　　　　<u>en</u> taxi 搭計程車

　　　　　<u>en</u> bateau 搭船

③ 表示月份、年份、季節

　　例如：<u>en</u> octobre 在十月

　　　　　<u>en</u> 2020 在 2020 年

　　　　　<u>en</u> été 在夏天

④ 表示材質（也可用 de）

　　例如：une table <u>en</u> bois 木桌

　　　　　un veste <u>en</u> laine 羊毛上衣

（5） avec

① 表示同伴關係

例如：J'irai **avec** vous demain.

我明天和你們一起去。

② 表示伴隨

例如：C'est un grand appartement **avec** deux salles de bain.

這是一套有兩間浴室的大公寓。

（6） pour

① 表示目的、對象

例如：Cette robe est **pour** ma mère.

這條裙子是給我媽媽的。

Il va au supermarché **pour** faire des achats.

他去超市購物。

② 表示延續的時間（預計動作發生後將持續的時間）

例如：Nous comptons rester dans la montagne **pour** une semaine.

我們打算在山裡待一周時間。

字母與發音

字母

母音

子音

半母音

語音知識

基礎文法與構句

最常用的分類單字

日常短句與情境會話

dans
在…裡

en dehors de
在…外面

au milieu de
在…中間

entre
在…之間

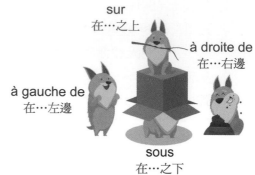

sur
在…之上

à droite de
在…右邊

à gauche de
在…左邊

sous
在…之下

loin de
離…遠

près de
在…附近

à côté de
在…旁邊

en face de
在…對面

字母與發音

字母

母音

子音

半母音

語音知識

基礎文法與構句

最常用的分類單字

日常短句與情境會話

Unité
02 構句

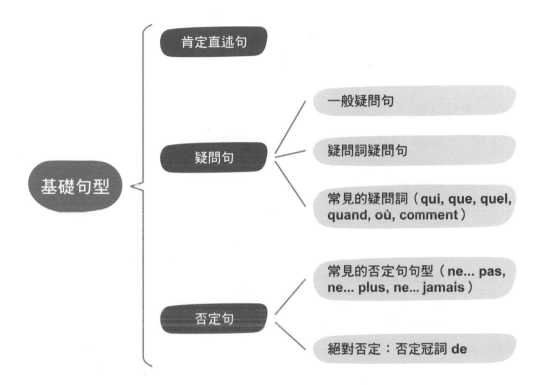

基礎句型

- 肯定直述句

- 疑問句
  - 一般疑問句
  - 疑問詞疑問句
  - 常見的疑問詞（qui, que, quel, quand, où, comment）

- 否定句
  - 常見的否定句句型（ne... pas, ne... plus, ne... jamais）
  - 絕對否定：否定冠詞 de

一、肯定直述句

（1）直述句的概念

　　敘述一件事情或是陳述個人觀點的句子叫做直述句。法語的直述句有以下兩種結構。

（2） **直述句的結構**

① **主詞＋動詞＋受詞。**

例如：Il aime la nature.

他熱愛大自然。

② **主詞＋ être 動詞＋補語。**

例如：Elle est française.

她是法國人。

二、疑問句

疑問句分為一般疑問句和疑問詞疑問句兩種。

1 **一般疑問句**

一般疑問句是指不含疑問詞的疑問句，通常回答時會用 oui 或 non 來回答。

法語的一般疑問句有三種構成形式，根據場合的正式程度，由非正式到正式的順序如下：

(1) 同直述句語順，語調上升的形式 → (2) 用 est-ce que 的形式→ (3) 主詞動詞倒裝的形式

（1） **同直述句語順，語調上升的疑問句形式**

用於日常對話中，同直述句的語順，但句末語調要上升。

例如：C'est fini? ↗

結束了嗎？

—Oui, c'est fini à dix heures.

是的，10:00 就結束了。

例如：Ils parlent anglais? ↗

他們講英語嗎？

—Non, ils parlent Japonais.

不，他們說日語。

字母與發音

字母

母音

子音

半母音

語音知識

基礎文法與構句

最常用的分類單字

日常短句與情境會話

（2） 用 **est-ce que** 的疑問句形式

用於日常對話與書面語中，直述句前加上疑問句型 est-ce que。

例如：**Est-ce que** c'est fini?

結束了嗎？

例如：**Est-ce qu'**ils parlent anglais?

他們講英語嗎？

（3） 主詞動詞倒裝的疑問句形式

用於正式的書面語中，主詞和動詞倒裝，動詞在前，主詞在後，兩者之間加上連字號。

例如：**Est-ce** fini?

結束了嗎？

例如：**Parlent-ils** anglais?

他們講英語嗎？

⚠ 如果主詞為 il, elle, on，且動詞以母音字母 e, a 結尾，就要在動詞和主詞之間添加字母 t，前後用連字號連接。

例如：**Aime-t-il** le café?

他喜歡咖啡嗎？

2 疑問詞疑問句

疑問詞疑問句是指帶有疑問詞的疑問句，且也有三種構成形式。一般來說，把疑問詞加到一般疑問句的三種形式之前或放到最後，就可以構成疑問詞疑問句。

（1） 同直述句語順，語調上升的疑問句形式

同直述句的語順，疑問詞放到最後。

例如：Elle vient d'**où**?

她來自哪裡？

L'examen commence **quand**?

考試什麼時候開始？

（2） 用 **est-ce que** 的疑問句形式

疑問詞＋est-ce que＋直述句語順。

例如：D'**où est-ce qu**'elle vient？

她來自哪裡？

Quand est-ce que l'examen commence?

考試什麼時候開始？

（3） 主詞動詞倒裝的疑問句形式

主詞和動詞倒裝，動詞和主詞人稱代名詞之間加連字號來表示提問。

① 當主詞是代名詞時，其結構為「疑問詞＋動詞＋主詞（代名詞）＋其他成分」。

② 當主詞是名詞時，其結構則為「疑問詞＋主詞（名詞）＋動詞＋代稱前面主詞的人稱代名詞（此時，代名詞用來代稱名詞，並要跟此名詞保持陰陽性、單複數的一致）＋其他成分」，動詞和代名詞之間加上連字號。

例如：D'où **vient-elle**?

她來自哪裡？

Quand l'examen **commence-t-il**?

考試什麼時候開始？

3 常見的疑問詞

（1） qui（誰）：疑問代名詞

qui 用來針對人物身分提問，意思是「誰」。

例如：**Qui** est-ce?

這是誰？（詢問補語）

<u>Qui</u> connaît cette fille?

誰認識這個女孩？（詢問主詞）

<u>Qui</u> vois-tu?

你看見誰了？（詢問直接受詞）

A <u>qui</u> parlez-vous?

你們在和誰說話？（詢問間接受詞）

Pour <u>qui</u> est-ce qu'elle achète ce cadeau?

她為誰買這個禮物？（詢問介系詞補語）

（2） **que（什麼）：疑問代名詞**

que 用來針對事物提問，意思是「什麼」。

例如：<u>Qu'</u>est-ce que c'est?

這是什麼？（詢問補語）

<u>Qu'</u>est-ce qu'elle apprend?

她在學什麼？（詢問直接受詞）

<u>Qu'</u>est-ce qui s'est passé?

發生了什麼事？（詢問主詞）

⚠ 需要注意的是，在針對間接受詞、介系詞補語做提問，或是在口語中提問時，要使用 que 的重讀形態 quoi。

例如：A <u>quoi</u> pensez-vous?

你們在想什麼？（詢問間接受詞）

Avec <u>quoi</u> est-ce qu'il répare cette voiture?

他用什麼修這輛車？（詢問介系詞引導的補語）

C'est <u>quoi</u>?

這是什麼？（是口語化的表達，相當於 Qu'est-ce que c'est？）

（3） **quel, quelle, quels, quelles（哪一個、怎麼樣的）：疑問形容詞**

疑問形容詞與名詞配合使用，用於對人或事物的情況進行詢問，意思是「哪一個，哪些，怎麼樣的」。

字母與發音

字母

母音

子音

半母音

語音知識

基礎文法與構句

最常用的分類單字

日常短句與情境會話

1〉疑問形容詞的形態

	單數	複數
陽性	quel	quels
陰性	quelle	quelles

2〉疑問形容詞的用法

◆ 疑問形容詞 quel 放於名詞前，與所限定的名詞保持性別和數量的一致。

　　例如：**Quelle heure** est-il?

　　　　　幾點了？

　　　　　Quel âge a-t-il?

　　　　　他幾歲？

◆ 疑問形容詞 quel 作為補語，應與作為主詞的名詞、代名詞等保持性別和數量的一致。

　　例如：**Quelle** est votre **nationalité**?

　　　　　您的國籍是什麼？

　　　　　Quelles sont vos **questions**?

　　　　　你們的問題是什麼？

（4） **quand**（什麼時候）, **où**（哪裡）, **comment**（如何、怎樣）：疑問副詞

① quand 用來問時間，表示「什麼時候」。

例如：**Quand** est-ce qu'elle est sortie?

　　　她什麼時候出門的？

　　　Il rentre **quand**?

　　　他什麼時候回來？

② où 用來問地點，表示「哪裡」。

　　例如：Tu vas **où**?

　　　　　你要去哪裡？

　　　　　Où as-tu perdu la clé?

　　　　　你把鑰匙丟到哪了？

③ comment 用來問方式，表示「如何」「怎樣」。

　　例如：**Comment** vous appelez-vous?

　　　　　您叫什麼名字？

　　　　　Nous y allons **comment**?

　　　　　我們要怎麼去那裡？

三、否定句

1 常見的否定句句型

　　主要的結構是「ne...＋否定副詞」，常見的否定結構有 ne... pas, ne... plus, ne... jamais 等。在簡單時態中，其位置擺放在已變化動詞的兩側，把動詞夾起來；而在複合時態中，則位於助動詞的兩側。當要用不定式動詞表示否定時，ne 與否定副詞一起放在不定式動詞的前面。

（1） ne... pas：「不…」

　　用於一般的否定，表示「不…」。

　　例如：Ce **n'**est pas **vrai**.

　　　　　這不是真的。

　　　　　Le médecin lui demande de **ne pas** fumer.

　　　　　醫生要求他不要抽煙。

（2） ne... plus：「不再…」

　　主要指以前做過某動作，但未來不再做。表示「不再…」，是 toujours, encore 的反義表達方式。

字母與發音

字母

母音

子音

半母音

語音知識

基礎文法與構句

最常用的分類單字

日常短句與情境會話

例如：Il **ne** fume **plus**.

他不再抽煙了。

Je **n'**habite **plus** dans ce quartier.

我沒住在這一區了。

（3） ne... jamais：「從不、永不」

表示「從不、永不」，是 toujours, souvent, parfois, déjà 等的反義表達方式。

例如：Il **ne** fume **jamais**.

他永不抽煙。

Je **n'**ai **jamais** fumé.

我從未抽過煙。

---

2 絕對否定：否定冠詞 de

在否定句中，直接受詞前的不定冠詞（如 un, une, des）或是部分冠詞（如 du, de la），需要用 de 來代替帶有「0」「沒有」的概念。例如：

肯定句	否定句
J'ai un sac. 我有一個包包。	**Je n'ai pas de sac.** 我沒有包包。
Nous faisons des devoirs aujourd'hui. 我們今天做作業。	**Nous ne faisons pas de devoirs aujourd'hui.** 我們今天不做作業。
Il boit du thé. 他喝茶。	**Il ne boit pas de thé.** 他不喝茶。
Elle prend des légumes. 她吃蔬菜。	**Elle ne prend pas de légumes.** 她不吃蔬菜。

⚠ 這一用法必須同時具備以下 3 個條件：「絕對否定」（即針對全句的否定）、「直接受詞」（補語或者間接受詞前的冠詞不可替代）、「不定冠詞或部分冠詞」（定冠詞不可用 de 代替）三個條件。

3

單字課
最常用的分類單字

asperge	*f.*	蘆筍
céleri-branche	*m*	芹菜
pomme de terre	*f.*	番薯
taro	*m.*	芋頭
racine de lotus	*f.*	蓮藕
pousses de bambou	*f.*	竹筍
ail	*m.*	大蒜
gingembre	*m.*	薑

根莖、塊莖
Les légumes-tiges et les tubercules

蔬菜
légumes

mâche	*f.*	野苣
bette	*f.*	甜菜
épinard	*m.*	菠菜
endive	*f.*	萵苣
roquette	*f.*	芝麻葉
oignon	*m.*	洋蔥
poireau	*m.*	韭蔥
salade	*f.*	生菜
chou	*m.*	甘藍
aneth	*m.*	蒔蘿

葉菜類
Les légumes-feuilles

aubergine	*f.*	茄子
concombre	*m.*	黃瓜
cornichon	*m.*	（醃漬用）小黃瓜
courgette	*f.*	櫛瓜
tomate	*f.*	番茄
citrouille	*f.*	南瓜

果菜
Les légumes-fruits

根菜
Les légumes-racines

navet	*m.*	蕪菁
carotte	*f.*	胡蘿蔔
radis	*m.*	小蘿蔔
betterave rouge	*f.*	甜菜根
céleri-rave	*m.*	芹菜根

菇類
Les champignons

cèpe	*m.*	牛肝菌
truffe	*f.*	松露
champignon	*m.*	蘑菇
champignon de Paris	*m.*	洋菇
champignon parfumé	*m.*	香菇

花菜
Les inflorescences

artichaut	*m.*	朝鮮薊
câpre	*f.*	刺山柑
chou-fleur	*m.*	花椰菜
brocoli	*m.*	青花菜

字母與發音

字母

母音

子音

半母音

語音知識

基礎文法與構句

最常用的分類單字

日常短句與情境會話

3-02

pomme	*f.*	蘋果
fraise	*f.*	草莓
framboise	*f.*	覆盆子
grenade	*f.*	石榴
groseille	*f.*	紅醋栗
myrica	*m.*	楊梅
griotte	*f.*	紅櫻桃
litchi	*m.*	荔枝
jujube	*m.*	棗

紅色
Rouge

水果
Fruits

avocat	*m.*	酪梨
pastèque	*f.*	西瓜
raisin	*m.*	葡萄
melon	*m.*	甜瓜
lime	*f.*	萊姆
kiwi	*m.*	奇異果
olive	*f.*	橄欖
goyave	*f.*	芭樂

綠色
Vert

mandarine	*f.*	橘子
orange	*f.*	柳丁
kaki	*m.*	柿子
kumquat	*m.*	金柑
papaye	*f.*	木瓜

橙色
Orange

其他水果
Les autres fruits

noix de coco	f.	椰子
fruit de la passion	m.	百香果
pitaya	m.	火龍果
figue	f.	無花果
datte	f.	椰棗

黃色
Jaune

abricot	m.	杏子
pêche	f.	桃子
mangue	f.	芒果
banane	f.	香蕉
poire	f.	西洋梨
citron	m.	檸檬
pomelo	m.	柚子
ananas	m.	鳳梨

紫色
Pourpre

cerise	f.	櫻桃
cassis	m.	黑醋栗
prune	f.	李子
myrtille	f.	藍莓
raisin noir	m.	黑葡萄

字母與發音

字母

母音

子音

半母音

語音知識

基礎文法與構句

最常用的分類單字

日常短句與情境會話

gâteau	*m.*	蛋糕
macaron	*m.*	馬卡龍
madeleine	*f.*	瑪德蓮蛋糕
mille-feuille	*m.*	千層派
mousse	*f.*	慕斯蛋糕
baguette	*f.*	長棍麵包
croissant	*m.*	可頌

糕點
Les pâtisseries

開胃甜點
Amuse-
bouches

chocolat	*m.*	巧克力
fruits confits	*m. pl.*	蜜餞
nougat	*m.*	牛軋糖
praline	*f.*	果仁糖
truffes	*f. pl.*	松露巧克力

甜食
Les sucreries

cacahuète	*f.*	花生
noix	*f.*	核桃
noix de cajou	*f.*	腰果
pacanier	*m.*	長生核桃
amande	*f.*	杏仁

堅果
Les noix

水、飲料
Les boissons non alcoolisées

eau gazeuse	*f.*	氣泡水
eau minérale	*f.*	礦泉水
jus	*m.*	果汁
limonade	*f.*	檸檬汽水
soda	*m.*	汽水

酒精飲品
L'alcool

vin	*m.*	葡萄酒
bière	*f.*	啤酒
bordeaux	*m.*	波爾多葡萄酒
cocktail	*m.*	雞尾酒
cognac	*m.*	干邑白蘭地
rhum	*m.*	蘭姆酒

其他零食
Autres

chips	*f. pl.*	洋芋片
glace	*f.*	冰淇淋
smoothie	*m.*	冰沙
cookie	*m.*	餅乾
tarte aux œufs	*f.*	蛋塔
crêpe	*f.*	可麗餅

字母與發音

字母

母音

子音

半母音

語音知識

基礎文法與構句

最常用的分類單字

日常短句與情境會話

printemps	*m.*	春天	
été	*m.*	夏天	
automne	*m.*	秋天	
hiver	*m.*	冬天	
en plein été		盛夏	
fin de l'automne		深秋	

季節
La saison

日期
Date

janvier	*m.*	一月	
février	*m.*	二月	
mars	*m.*	三月	
avril	*m.*	四月	
mai	*m.*	五月	
juin	*m.*	六月	

月份
Le mois

juillet	*m.*	七月	
août	*m.*	八月	
septembre	*m.*	九月	
octobre	*m.*	十月	
novembre	*m.*	十一月	
décembre	*m.*	十二月	

月份
Le mois

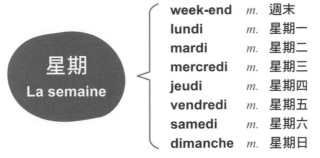

星期 La semaine	week-end	*m.*	週末
	lundi	*m.*	星期一
	mardi	*m.*	星期二
	mercredi	*m.*	星期三
	jeudi	*m.*	星期四
	vendredi	*m.*	星期五
	samedi	*m.*	星期六
	dimanche	*m.*	星期日

年度 L'année	cette année	*f.*	今年
	l'année dernière	*f.*	去年
	l'année prochaine	*f.*	明年
	le premier semestre	*m.*	上半年
	le second semestre	*m.*	下半年
	trimestre	*m.*	季度
	cerne	*m.*	年輪
	mois	*m.*	月份

節日 La fête	Noël	*m.*	耶誕節
	fête nationale	*f.*	國慶日
	Pâques	*f.pl.*	復活節
	Action de Grâce	*f.*	感恩節
	nouvel An	*m.*	新年

字母與發音

字母

母音

子音

半母音

語音知識

基礎文法與構句

最常用的分類單字

日常短句與情境會話

minute	*f.*	分鐘
seconde	*f.*	秒
demi-heure	*f.*	半小時
heure	*f.*	小時
quart	*m.*	一刻鐘
graduation	*f.*	刻度
à l'heure	*adv.*	準時
carillonner	*v.t.*	報時

鐘錶
L'horloge

時間
Temps

tôt	*adv.*	早
en avance	*adv.*	提前
déjà	*adv.*	已經
tout à l'heure	*adv.*	剛剛
avancé(e)	*adj.*	提前的

在…之前
Avant

en retard	*adv.*	遲到
retarder	*v.t.*	延遲；（鐘錶）走慢
après	*adv.*	在…之後
reporter	*v.t.*	推遲，拖延

在…之後
Après

一天 Le jour			
aube	*f.*	黎明
matin	*m.*	早晨，早上
midi	*m.*	正午
après-midi	*m.*	下午
soir	*m.*	晚上
minuit	*m.*	午夜
crépuscule	*m.*	黃昏

頻率 La fréquence			
toujours	*adv.*	總是，一直
souvent	*adv.*	經常，常常
quelquefois	*adv.*	有時
parfois	*adv.*	有時，偶爾
rarement	*adv.*	難得，極少
jamais	*adv.*	從未

各種錶 Les montres			
minuteur		*m.*	計時器
montre		*f.*	手錶
chronomètre		*m.*	碼錶
montre de poche		*f.*	懷錶
montre électronique		*f.*	電子錶
pendule		*f.*	掛鐘
montre-bracelet électronique		*f.*	電子錶
bracelet de montre		*m.*	錶帶

字母與發音

字母

母音

子音

半母音

語音知識

基礎文法與構句

最常用的分類單字

日常短句與情境會話

zéro	n, adj.	零
un, une	n, adj.	一
deux	n, adj.	二
trois	n, adj.	三
quatre	n, adj.	四
cinq	n, adj.	五
six	n, adj.	六
sept	n, adj.	七
huit	n, adj.	八
neuf	n, adj.	九

0 到 9 的數字
Le chiffre

數字
Nombres

dix	n, adj.	十
vingt	n, adj.	二十
trente	n, adj.	三十
quarante	n, adj.	四十
cinquante	n, adj.	五十
soixante	n, adj.	六十
soixante-dix	n, adj.	七十
quatre-vingts	n, adj.	八十
quatre-vingt-dix	n, adj.	九十

幾十
Des dizaines

onze	n, adj.	十一
douze	n, adj.	十二
treize	n, adj.	十三
quatorze	n, adj.	十四
quinze	n, adj.	十五
seize	n, adj.	十六
dix-sept	n, adj.	十七
dix-huit	n, adj.	十八
dix-neuf	n, adj.	十九

十幾
Dizaine

百位以上
Plus de cent

cent	*n, adj.*	百
deux cents	*n, adj.*	兩百
mille	*n, adj.*	千
million	*m.*	百萬
milliard	*m.*	十億

四則運算
L'arithmétique élémentaire

addition	*f.*	加法
soustraction	*f.*	減法
multiplication	*f.*	乘法
division	*f.*	除法

字母與發音

字母

母音

子音

半母音

語音知識

基礎文法與構句

最常用的分類單字

日常短句與情境會話

3-07

climat continental		大陸性氣候
climat maritime		海洋性氣候
climat équatorial		熱帶雨林氣候
climat polaire		寒帶氣候
climat méditerranéen		地中海型氣候
humide	*adj.*	潮濕的
sec, sèche	*adj.*	乾燥的
froid, -e	*adj.*	寒冷的

氣候
Le climat

氣候
Climat

grêle	*f.*	冰雹
verglas	*m.*	薄冰
tempête de neige	*f.*	暴風雪
flocon de neige	*m.*	雪花
givre	*m.*	霜

冰雪
La glace et la neige

tempête	*f.*	暴風雨
averse	*f.*	驟雨
orage	*m.*	雷雨
parapluie	*m.*	雨傘
imperméable	*m.*	雨衣
tonnerre	*m.*	雷聲
éclair	*m.*	閃電

雨
La pluie

晴天
Le beau temps

chaleur	*f.*	熱，炎熱
chaud, -e	*adj.*	熱的
doux, -se	*adj.*	溫和的
soleil	*m.*	太陽，陽光
nuage	*m.*	雲
serein, -e	*adj.*	晴朗的
confortable	*adj.*	舒適的

風
Le vent

bise	*f.*	凜冽的北風
brise	*f.*	微風
typhon	*m.*	颱風
cyclone	*m.*	颶風
tempête de sable	*f.*	沙塵暴
tornade	*f.*	龍捲風

天災
Les catastrophes météorologiques

inondation	*f.*	洪水
glissement de terrain	*m.*	山崩
vague de chaleur		熱浪
tsunami	*m.*	海嘯
sécheresse	*f.*	乾旱
avalanche	*f.*	雪崩
incendie de forêt	*m.*	森林大火

字母與發音

字母

母音

子音

半母音

語音知識

基礎文法與構句

最常用的分類單字

日常短句與情境會話

corbeau	m.	烏鴉
coucou	m.	布穀鳥
alouette	f.	雲雀
hibou	m.	貓頭鷹
paon	m.	孔雀
pigeon	m.	鴿子
mouette	f.	海鷗
poulet	m.	小雞
coq	m.	公雞
poule	f.	母雞
canard	m.	公鴨
cane	f.	母鴨
canardeau	m.	小鴨
oie	f.	鵝

鳥類和家禽
Les oiseaux et
les volailles

動物植物
Animaux &
plants

branche	f.	樹枝
feuille	f.	樹葉
chêne	f.	橡樹
pin	m.	松樹
saule	m.	柳樹
sapin	m.	冷杉

樹
Les arbres

iris	m.	鳶尾花
muguet	m.	鈴蘭花
rose	f.	玫瑰花
tulipe	f.	鬱金香
lavande	f.	薰衣草
lys	m.	百合花

花
Les fleurs

寵物
Les animaux de compagnie

chat	*m.*	貓
chien	*m.*	狗
hamster	*m.*	倉鼠
lapin	*m.*	兔子
oiseau	*m.*	鳥
poisson rouge		金魚
ver à soie	*m.*	蠶

魚類
Les poissons

requin	*m.*	鯊魚
morue	*f.*	鱈魚
thon	*m.*	鮪魚
saumon	*m.*	鮭魚
mérou	*m.*	石斑魚

昆蟲與節肢動物
Les insectes et les arthropodes

papillon	*m.*	蝴蝶
libellule	*f.*	蜻蜓
mouche	*f.*	蒼蠅
moustique	*m.*	蚊子
fourmi	*f.*	螞蟻
cafard	*m.*	蟑螂
araignée	*m.*	蜘蛛
cigale	*m.*	蟬

兩棲動物
Les amphibiens

grenouille	*f.*	青蛙
crapaud	*m.*	蟾蜍
tortue	*f.*	烏龜
serpent	*f.*	蛇
crocodile	*f.*	鱷魚

字母與發音

字母

母音

子音

半母音

語音知識

基礎文法與構句

最常用的分類單字

日常短句與情境會話

09 自然風光

3-09

chaîne de montagnes	*f.*	山脈
sommet	*m.*	頂峰
colline	*f.*	山丘
vallée	*f.*	山谷
volcan	*m.*	火山
glacier	*m.*	冰川
pente	*f.*	坡
altitude	*f.*	高度，海拔

山
La montagne

大自然
Nature

sable	*m.*	沙子
cactus	*m.*	仙人掌
chameau	*m.*	駱駝
oasis	*f.*	綠洲
sable mouvant		流沙

沙漠
Le désert

prairie	*f.*	草地，草原
herbe	*f.*	草
troupeau	*m.*	家畜群；羊群
nomade	*n.*	遊牧者
yourte	*f.*	蒙古包

草原
La steppe

海 La mer			
océan	m.	大洋	
archipel	m.	群島	
détroit	m.	海峽	
golfe	m.	海灣	
île	f.	島嶼	
plage	f.	沙灘	
l'océan Pacifique	m.	太平洋	
l'océan Atlantique	m.	大西洋	
l'océan Indien	m.	印度洋	
l'océan Arctique	m.	北冰洋	

江、河 Le système fluvial		
lac	m.	湖
rive	f.	（湖）畔，（河）岸
fleuve	m.	江，河
rivière	f.	河
ruisseau	m.	小溪
source	f.	泉水

天空 Le ciel		
aurore polaire	f.	極光
voie lactée	f.	銀河
étoile filante	f.	流星
éclipse solaire	f	日蝕
éclipse lunaire	f.	月蝕
comète	f.	彗星
pleine lune	f.	滿月
lever de soleil	m.	日出
coucher de soleil	m.	日落

平原 La plaine		
massif	m.	高地
ravin	m.	溝壑，深谷
bois	m.	樹林
forêt	f.	森林
delta	m.	三角洲

字母與發音

字母

母音

子音

半母音

語音知識

基礎文法與構句

最常用的分類單字

日常短句與情境會話

10 交通工具

3-10

bus	*m.*	公車
arrêt	*m.*	站牌
autocar	*f.*	長途巴士
taxi	*m.*	計程車
métro	*m.*	地鐵
station	*f.*	車站
guichet	*m.*	售票處
carte Orange		（巴黎／法蘭西島大區的）交通月票、周票

大眾運輸
Les transports en commun terrestres

交通 transport

volant	*m.*	方向盤
moteur	*m.*	引擎
roue	*f.*	車輪
coffre	*m.*	後車廂
ceinture de sécurité	*f.*	安全帶
phare	*m.*	車燈
assurance	*f.*	保險
conduire	*v.t.*	駕駛，開車
conducteur	*m.*	駕駛員
prendre de l'essence		加油
garer	*v.t.*	停車
embouteillage	*m.*	堵車

汽車
La voiture

camion	*m.*	大貨車
camionnette	*m.*	小貨車
minibus	*m.*	小巴士
ambulance	*f.*	救護車
moto	*m.*	摩托車
bicyclette	*f.*	自行車

其他車輛
D'autres véhicules

水運
La navigation

bateau	m.	船
ligne	f.	航線
quai	m.	碼頭
port	m.	港口
conteneur	m.	貨櫃

空運
Le transport aérien

avion	m.	飛機
hélicoptère	m.	直升機
aéroport	m.	機場
aviation	f.	航空
cargaison	f.	載貨，貨物
vol	m.	航班
embarquement	m.	登機
décoller	v i	起飛
piste de décollage	f.	跑道
atterrir	v.i.	降落
billet	m.	機票

鐵路
Le chemin de fer

train	m.	火車
train à grande vitesse	m.	高速列車
gare	f.	火車站
rail	m.	鐵軌，鐵路
wagon	m.	火車車廂
wagon-lit	m.	臥鋪車廂
wagon-restaurant	m.	餐車

字母與發音

字母

母音

子音

半母音

語音知識

基礎文法與構句

最常用的分類單字

日常短句與情境會話

3-11

guichet	*m.*	售票櫃台
argent	*m.*	錢
billet	*m.*	紙鈔
pièce	*f.*	硬幣
chèque	*m.*	支票
compte	*m.*	帳戶
carte bancaire	*f.*	銀行卡
ouvrir un compte		開戶
retirer de l'argent		提款
distributeur de billets	*m.*	自動提款機
faire des économies	*v.*	儲蓄
emprunter	*v.t.*	借錢
rembourser	*v.t.*	還錢

銀行
La banque

公共場所
Lieux publics

livre	*m.*	書
prêter	*v.t.*	借出
rendre	*v.t.*	歸還
ordinateur	*m.*	電腦
carte de prêt	*f.*	借書證
bureau	*m.*	書桌
chaise	*f.*	椅子
stylo	*m.*	筆

圖書館
La bibliothèque

cantine	*f.*	學校餐廳，食堂
dortoir	*m.*	宿舍
bibliothèque	*f.*	圖書館
laboratoire	*m.*	實驗室
stade	*m.*	體育場
classe	*f.*	教室

學校
L'école

醫院 L'hôpital	médecin	*m.*	醫生
	infirmier	*n.*	護士
	médicament	*m.*	藥品
	alcool	*m.*	酒精
	masque	*m.*	口罩
	perfusion	*f.*	輸液
	clinique	*f.*	診所
	prescrire des remèdes		開處方
	virus	*m.*	病毒
	vaccin	*m.*	疫苗
	vêtement de protection	*m.*	防護服

社區 La communauté	commissariat	*m.*	派出所
	église	*f.*	教堂
	magasin	*m.*	商場，商店
	parc	*m.*	公園
	service domestique	*m.*	家事服務
	école du soir	*f.*	夜校

郵局 La poste	lettre	*f.*	信件
	courrier	*m.*	信件，郵件
	colis	*m.*	包裹
	postier	*m.*	郵政人員
	timbre	*m.*	郵票
	envoyer	*v.t.*	寄
	livrer	*v.t.*	寄送

字母與發音

字母

母音

子音

半母音

語音知識

基礎文法與構句

最常用的分類單字

日常短句與情境會話

joie	*f.*	高興
aise	*f.*	舒適，自在；喜悅
plaisir	*m.*	愉快，高興
content, -e	*adj.*	高興的
joyeux, -se	*adj.*	快樂的
sourire	*m.*	微笑
satisfaction	*f.*	滿足
rire de bon cœur		大笑

開心
Le contentement

情緒
Emotion

amour	*m.*	喜愛
préférence	*f.*	偏愛
affection	*f.*	熱愛，喜愛，鍾愛
aimer	*v.t.*	喜歡，愛
adorer	*v.t*	愛
admirer	*v.t.*	羨慕，欣賞

喜愛
La faveur

haine	*f.*	厭惡；憎恨
détestation	*f.*	厭惡，憎惡
horreur	*f.*	厭惡；恐怖
dégoûté, -e	*adj.*	感到厭惡的
détester	*v.t.*	討厭

厭惡
Le dégoût

悲傷 **Le chagrin**			
peine	*f.*	痛苦，悲痛	
tristesse	*f.*	悲傷；憂鬱	
mélancolie	*f.*	憂鬱，傷感	
dépression	*f.*	抑鬱，消沉	
triste	*adj.*	悲傷的	
larme	*f.*	眼淚	
désespoir	*m.*	絕望	
gémir	*v.i.*	呻吟	
sangloter	*v.i.*	啜泣	
fondre en pleurs		號啕大哭	

憤怒 **La colère**			
rage	*f.*	狂怒，大怒	
scandale	*m.*	公憤，憤慨	
indignation	*f.*	憤慨，憤怒	
furieux, -se	*adj.*	狂怒的	
fâché, -e	*adj.*	惱火的	
se quereller	*v.pr.*	吵架	
se battre	*v.pr.*	打架	
se fâcher	*v.pr.*	生氣	

羞愧 **La honte**			
confusion	*f.*	慚愧，羞愧	
humiliation	*f.*	屈辱，恥辱	
honteux, -se	*adj.*	羞恥的，慚愧的	
confus, -e	*adj.*	羞愧的，慚愧的	
embarrassé, -e	*adj.*	尷尬的，為難的	

字母與發音

字母

母音

子音

半母音

語音知識

基礎文法與構句

最常用的分類單字

日常短句與情境會話

marqueur	*m.*	螢光筆
chatterton	*m.*	膠帶
crayon	*m.*	鉛筆
stylo à bille		原子筆
colle	*f.*	膠水
gomme	*f.*	橡皮擦
trousse	*f.*	筆袋

文具
Les papeteries

學習與工作
Etudes & travail

agrafeuse	*f.*	釘書機
ciseaux	*m.pl.*	剪刀
règle	*f.*	直尺
compas	*m.*	圓規
calculatrice	*f.*	計算機
poinçonneuse	*f.*	打孔機

工具
Les outils

ordinateur	*m.*	電腦
photocopieur	*m.*	影印機
imprimante	*f.*	印表機
téléphone	*f.*	電話
déchiqueteuse	*m.*	碎紙機
scanneur	*m.*	掃描機

電器
Les appareils électriques

作筆記
的本子
Les cahiers

bloc	*m.*	（便條）本
cahier	*m.*	筆記本
carnet	*m.*	記事本，小本子
papier à lettres	*m.pl.*	信紙
feuillets mobiles	*m.*	活頁紙
bloc-notes	*m.*	便條紙

職業生涯
La carrière

demande d'emploi	*f.*	求職
stage	*m.*	實習
stagiaire	*n.*	實習生
embauche	*f.*	雇用
promotion	*f.*	晉升
être en congé		休假
chômage	*m.*	失業
entrepreneuriat	*m.*	創業
démission	*f.*	辭職
salaire	*m.*	工資

狀態
L'état d'esprit

spirituel, -elle	*adj.*	精神的
énergique	*adj.*	有精力的
paresseux, -se	*adj.*	懶散的
concentration	*f.*	聚精會神
distrait, -e	*adj.*	分心的，漫不經心的
diligent, -e	*adj.*	勤奮的
efficace	*adj.*	有效的

字母與發音

字母

母音

子音

半母音

語音知識

基礎文法與構句

最常用的分類單字

日常短句與情境會話

canapé	m.	沙發
table basse	f.	茶几
tapis	m.	地毯
coussin	m.	靠墊
télévision	f.	電視
chaîne stéréo	f.	立體音響

客廳
La salle de séjour

**住宅
Maison**

vaisselle	f.	餐具
poêle	f.	平底鍋
réfrigérateur / frigo	m.	冰箱
four	m.	烤箱
four à micro-onde	m.	微波爐
lave-vaisselle	m.	洗碗機
cuisinière	f.	爐台
ustensile de cuisine		廚具

廚房
La cuisine

baignoire	f.	浴缸
douche	f.	淋浴設備，蓮蓬頭
lavabo	m.	洗手台
robinet	m.	水龍頭
serviette	f.	毛巾
papier toilette	m.	衛生紙

浴廁
Le cabinet de toilette

臥室 La chambre

lit	m.	床
oreiller	m.	枕頭
traversin	m.	長枕頭
couverture	f.	被子
table de chevet	f.	床頭櫃
coiffeuse	f.	梳妝檯
commode	f.	五斗櫃

書房 Le bureau

bibliothèque	f.	書櫃
étagère	f.	架子
roman	m.	小說
lire	v.t.	閱讀
dictionnaire	m.	字典
lampe de bureau		檯燈
revue	f.	雜誌

花園 Le jardin

arbre	m.	樹
herbe	f.	草
fleur	f.	花
planter	v.t.	栽種
arroser	v.t.	澆水
bricoler	v.t.	忙些雜事；整修東西
promener le chien		遛狗

字母與發音

字母

母音

子音

半母音

語音知識

基礎文法與構句

最常用的分類單字

日常短句與情境會話

chemise	*f.*	男性襯衫
chemisier	*m.*	女性襯衫
veste	*f.*	上衣
pull	*m.*	套頭衫，毛衣
manteau	*m.*	大衣
T-shirt	*m.*	T恤
blouson	*m.*	拉鍊夾克
pyjama	*m.*	睡衣
gilet	*m.*	背心
maillot	*m.*	運動服
robe	*f.*	連身裙

上半身
Le haut
du corps

服飾
Costume

à carreaux	方格
à rayures	條紋
à pois	圓點
à fleurs	印花

花紋圖案
Les motifs

chapeau	*m.*	帽子
casquette	*f.*	鴨舌帽
capuche	*f.*	（帽T的）帽子
béret	*m.*	貝雷帽
bonnet	*m.*	無邊軟帽

帽子
Les chapeaux

下半身
Le bas du corps

jupe	*f.*	裙子
pantalon	*m.*	長褲
jean	*m.*	牛仔褲
short	*m.*	短褲
combinaison	*f.*	連身寬褲
caleçon	*m.*	四角褲（男）；緊身褲（女）
minijupe	*f.*	迷你裙

鞋子
Les chaussures

chaussures à talons hauts	*f.pl.*	高跟鞋
chaussures à talons plats	*f.pl.*	平底鞋
basket	*f.*	運動鞋
sandale	*f.*	涼鞋
botte	*f.*	長筒靴
chaussette	*f.*	襪子
collant	*m.*	連褲襪

內衣褲
Les sous-vêtements

guêpière	*f.*	馬甲
slip	*m.*	（男用）三角褲
jaquette	*f.*	女性束腰上衣
soutien-gorge	*m.*	女性內衣
culotte	*f.*	內褲

配件
Les accessoires

bracelet	*m.*	手鐲
collier	*m.*	項鍊
boucles d'oreilles	*f.*	耳環
bague	*f.*	戒指
ceinture	*f.*	腰帶，皮帶
cravate	*f.*	領帶
echarpe	*f.*	圍巾，披肩
gants	*m.pl.*	手套
lunettes de soleil	*f.pl.*	太陽眼鏡

字母與發音

字母

母音

子音

半母音

語音知識

基礎文法與構句

最常用的分類單字

日常短句與情境會話

rose	*adj.*	粉紅色的
roux, -sse	*adj.*	紅棕色的
écarlate	*adj.*	猩紅色的
incarnat, -e	*adj.*	淺紅色的
bordeaux	*adj.*	紫紅色的

紅
Rouge

顏色
Couleurs

azur	*m.*	天藍色
bleu clair, -e	*adj.*	淺藍色的
bleu foncé, -e	*adj.*	深藍色的
bleu-vert, -e	*adj.*	藍綠色的
bleu marine	*adj.*	海軍藍的
bleu roi	*adj.*	寶藍色的

藍色
Bleu

vert, -e	*adj.*	綠色的
vert clair, -e	*adj.*	淺綠色的
vert foncé, -e	*adj.*	深綠色的
turquoise	*adj.*	青綠色的
émeraude	*adj.*	翠綠色的

綠色
Vert

黑白
Blanc et noir

blafard, -e	*adj.*	蒼白色的，灰白色的
argenté, -e	*adj.*	銀白色的
ivoirin, -e	*adj.*	象牙色的
noirâtre	*adj.*	帶黑的
obscur, -e	*adj.*	深色的，暗的
clair, -e	*adj.*	淺色的

黃
Jaune

orange	*adj.*	橘黃色的
jaune paille	*adj.*	稻草黃的
jonquille	*adj.*	淡黃色的
kaki	*adj.*	土黃色的
fauve	*adj.*	淺黃褐色的

描述顏色
Desciptions des couleurs

clair, -e	*adj.*	明亮的
sombre	*adj.*	陰暗的
pur, -e	*adj.*	純色的
multicolore	*adj.*	多彩的
flou, -e	*adj.*	模糊的；朦朧的
sinistre	*adj.*	昏暗的
profond, -e	*adj.*	深濃的
lumineux, -se	*adj.*	明亮的，燦爛的
brillant, -e	*adj.*	發光的
fluorescent, -e	*adj.*	螢光的

字母與發音

字母

母音

子音

半母音

語音知識

基礎文法與構句

最常用的分類單字

日常短句與情境會話

17 體育運動

3-17

plongeon	*m.*	跳水
natation	*f.*	游泳
voile	*f.*	帆船運動
périssoire	*f.*	划船
natation d'hiver	*f.*	冬泳
surf	*m.*	衝浪
natation synchronisée	*f.*	水上芭蕾
canoë-kayak	*m.*	（獨木舟、皮划艇等的）划槳運動
pêche	*f.*	垂釣
piscine	*f.*	游泳池

水上運動
Les sports nautiques

運動
sport

volley-ball	*m.*	排球
football	*m.*	足球
basket-ball	*m.*	籃球
hockey	*m.*	曲棍球
rugby	*m.*	橄欖球
tennis de table	*m.*	桌球
billard	*m.*	撞球
badminton	*m.*	羽毛球
handball	*m.*	手球
baseball	*m.*	棒球
polo	*m.*	馬球

球類運動
Les jeux de ballon

course de fond	*f.*	長跑
course de relais	*f.*	接力賽跑
course de vitesse	*f.*	短跑
marathon	*m.*	馬拉松賽跑
saut en hauteur	*m.*	跳高
saut en longueur	*m.*	跳遠

田徑
L'athlétisme

冰／雪上運動
Le sport de neige

patinage	*m.*	滑冰
ski	*m.*	滑雪
hockey sur glace	*m.*	冰球
patin à glace	*m.*	溜冰鞋
curling	*m.*	冰壺
luge	*f.*	小型雪橇

健身
Le fitness

vélo	*m.*	騎自行車
jogging	*m.*	慢跑
musculation	*f.*	肌肉鍛煉
gymnastique	*f.*	體操
randonnée	*f.*	遠足
yoga	*m.*	瑜伽
aérobic	*m.*	有氧健身操
alpinisme	*m.*	登山運動
escalader	*v.t.*	攀登

其他運動
Autres

escrime	*f.*	擊劍
boxe	*f.*	拳擊
tir	*m.*	射擊
judo	*m.*	柔道
taekwondo	*m.*	跆拳道
équitation	*f.*	馬術
cyclisme	*m.*	自行車賽
course automobile	*f.*	賽車

字母與發音

字母

母音

子音

半母音

語音知識

基礎文法與構句

最常用的分類單字

日常短句與情境會話

cheveux	m.pl.	頭髮
œil	m.	眼睛（單數）
yeux	m.pl.	眼睛（複數）
nez	m.	鼻子
bouche	f.	嘴
dent	f.	牙齒
oreille	f.	耳朵

頭
La tête

人體系統
Le système humain

身體
Corps humain

système nerveux	m.	神經系統
système de circulation sanguine	m.	血液循環系統
système immunitaire	m.	免疫系統
système endocrinien	m.	內分泌系統
système digestif	m.	消化系統
système respiratoire	m.	呼吸系統

vue	f.	視覺
ouïe	f.	聽覺
odorat	m.	嗅覺
toucher	m.	觸覺
goût	m.	味覺

五感
Les sens

軀幹
Le corps

cou	*m.*	脖子
épaule	*f.*	肩膀
dos	*m.*	背
poitrine	*f.*	胸
reins	*m.pl.*	腰
ventre	*m.*	肚子

四肢
Les membres

bras	*m.*	手臂
main	*f.*	手
cuisse	*f.*	大腿
genou	*m.*	膝蓋
jambe	*f.*	腿
pied	*m.*	腳
paume	*f.*	手掌
cheville	*f.*	腳踝

內部器官
L'organe interne

cœur	*m.*	心臟
poumon	*m.*	肺
estomac	*m.*	胃
foie	*m.*	肝
intestin	*m.*	腸
vessie	*f.*	膀胱

其他
Autres

peau	*f.*	皮膚
muscles	*m.pl.*	肌肉
sang	*m.*	血液
os	*m.*	骨頭
articulation	*f.*	關節

字母與發音

字母

母音

子音

半母音

語音知識

基礎文法與構句

最常用的分類單字

日常短句與情境會話

Unité
19 人生階段

3-19

naissance	*f.*	出生
naître	*v.i.*	出生
pleurer	*v.i.*	哭泣
téter	*v.t.*	吮吸，吃奶
biberon	*m.*	奶瓶
tétine	*f.*	奶嘴
couche	*f.*	尿布
voiture d'enfant	*f.*	嬰兒車

嬰兒
Bébé

人生階段
Ages de la
vie

enfant	*n.*	兒童
adolescent	*n.*	青少年
garçon	*m.*	男孩
fille	*f.*	女孩
adolescence	*f.*	青春期
grandir	*v.i.*	長高，長大
se duveter	*v.pr.*	長出鬍鬚
croissance	*f.*	成長，發育

未成年人
Mineurs

jeune	*n.*	青年人
homme	*m.*	男人
femme	*f.*	女人
énergique	*adj.*	精力充沛的
vieillesse	*f.*	老年
personne âgée	*f.*	上年紀的人
vieillir	*v.i.*	變老，衰老

成年人
Adulte

職業 1
Les métiers 1

guide	n.	導遊
acteur, -trice	m./f.	演員
chanteur, -euse	m./f.	歌手
artiste	n.	藝術家
peintre	m.	畫家
vedette	f.	明星

職業 2
Les métiers 2

professeur	m.	老師，教授
médecin	m.	醫生
avocat, -e	m./f.	律師
ingénieur	m.	工程師
journaliste	n.	記者
technicien	m.	技術人員

婚姻狀態
L'état civil

célibataire	n.	單身者
célibataire	adj.	不婚的
fiançailles	f. pl.	訂婚
mariage	m.	結婚
séparation	f.	分居
divorce	m.	離婚
veuve	f.	寡婦，遺孀
se remarier	v.pr.	再婚

字母與發音

字母

母音

子音

半母音

語音知識

基礎文法與構句

最常用的分類單字

日常短句與情境會話

3-20

grippe	*f.*	流感
fièvre	*f.*	發燒
toux	*f.*	咳嗽
morve	*f.*	鼻涕
nez bouché		鼻塞
éternuer	*v.i.*	打噴嚏
vaccin	*m.*	疫苗

感冒
Le rhume

症狀
Le symptôme

疾病
Maladie

mal	*m.*	疼痛
courbature	*f.*	因疲勞引起的酸疼
chute de cheveux	*f.*	脫髮
tomber en syncope		昏厥
fatigue	*f.*	疲勞，乏力

angine	*f.*	扁桃腺發炎
appendicite	*f.*	闌尾炎，盲腸炎
arthrite	*f.*	關節炎
entérite	*f.*	腸炎
pneumonie	*f.*	肺炎
rhinite	*f.*	鼻炎

發炎
L'inflammation

外傷 Le traumatisme	brûlure	*f.*	燒傷
	entorse	*f.*	扭傷
	foulure	*f.*	（韌帶）扭傷
	fracture	*f.*	骨折
	égratigner	*v.t.*	抓傷，劃破皮膚
	saigner	*v.i.*	流血
	plaie infectée		傷口感染

精神問題 Le trouble psychique	insomnie	*f.*	失眠
	dépression mentale	*f.*	抑鬱症
	pression	*f.*	壓力
	fou, fol, folle	*adj.*	發瘋的
	furieux, -se	*adj.*	狂躁的
	épuisé, -e	*adj.*	筋疲力盡的
	languissant, -e	*adj.*	無精打采的
	crevé, -e	*adj.*	累垮的

慢性病 La maladie chronique	leucémie	*f.*	白血病
	cancer	*m.*	癌症
	diabète	*m.*	糖尿病
	hyperglycémie	*f.*	高血糖
	hyperlipémie	*f.*	高血脂
	hypertension	*f.*	高血壓

字母與發音

字母

母音

子音

半母音

語音知識

基礎文法與構句

最常用的分類單字

日常短句與情境會話

21 家人與稱謂

3-21

mère	*f.*	母親
père	*m.*	父親
maman	*f.*	媽媽
papa	*m.*	爸爸

雙親
Les parents

家庭
Famille

其他家庭成員
**Autres membres
de la famille**

oncle	*m.*	叔叔，伯伯，舅舅
tante	*f.*	姑姑，阿姨，嬸嬸，伯母，舅媽
neveu	*m.*	侄子，外甥
nièce	*f.*	侄女，外甥女
frère	*m.*	兄弟
sœur	*f.*	姐妹
cousin	*m.*	堂兄弟，表兄弟
cousine	*f.*	堂姐妹，表姐妹

孩子 **Les enfants**		
aîné, -e	*m./f.*	長子，長女
cadet, -te	*m./f.*	最年幼的孩子
fille	*f.*	女兒
fils	*m.*	兒子
petite-fille	*f.*	（外）孫女
petit-fils	*m.*	（外）孫子
jumeau, -elle	*m./f.*	雙胞胎兄弟（姊妹）

祖輩 **Les ancêtres**		
grand-mère	*f.*	（外）祖母
grand-père	*m.*	（外）祖父
aïeul	*m.*	（外）祖父
aïeule	*f.*	（外）祖母
grands-parents	*m.pl.*	（外）祖父母

姻親 **L'alliance**		
couple	*m.*	夫婦
mari	*m.*	丈夫
femme	*f.*	妻子
beau-père	*m.*	公公，岳父，繼父
belle-mère	*f.*	婆婆，岳母，繼母
beau-fils	*m.*	女婿，繼子
belle-fille	*f.*	媳婦，繼女

字母與發音

字母

母音

子音

半母音

語音知識

基礎文法與構句

最常用的分類單字

日常短句與情境會話

film	*m.*	電影
ticket	*m.*	門票
séance	*f.*	場次
projection	*f.*	放映
aller au cinéma		看電影
pop-corn	*m.*	爆米花
place	*f.*	座位，位置
affiche	*f.*	海報

電影院
Le cinéma

休閒生活
Temps libre

exposition	*f.*	展覽
galerie	*f.*	畫廊
œuvre d'art	*f.*	藝術品
spécimen	*m.*	標本
journée ouverte	*f.*	開放日
visiter	*v.t.*	參觀

博物館
Le musée

jeu vidéo	*m.*	電玩
jeu de rôles	*f.*	角色扮演
cache-cache	*m.*	捉迷藏
tarot	*m.*	塔羅牌
poker	*m.*	撲克牌
échecs	*m.pl.*	西洋棋

遊戲
Les jeux

商店
Le magasin

supermarché	*m.*	超市
boutique	*f.*	商店
vitrine	*f.*	櫥窗
rayon	*m.*	櫃檯
vendeur, -euse	*m./f.*	售貨員
acheter	*v.t.*	買
cabine d'essayage		試衣間
caisse	*f.*	收銀台

劇院
Le théâtre

acteur, -trice	*m./f.*	演員
scène	*f.*	舞臺，場次
rôle	*m.*	角色
spectateur	*m.*	觀眾
jouer	*v.t.*	扮演
pièce de théâtre	*f.*	話劇
opéra	*m.*	歌劇
ballet	*m.*	芭蕾舞

遊樂園
Le parc d'attractions

montagne russes		雲霄飛車
auto tamponneuse		碰碰車
grande roue		摩天輪
toboggan	*m.*	滑梯

字母與發音

字母

母音

子音

半母音

語音知識

基礎文法與構句

最常用的分類單字

日常短句與情境會話

23 校園生活

3-23

école maternelle	*f.*	幼稚園
école primaire	*f.*	小學
collège	*m.*	國中
lycée	*m.*	高中
université	*f.*	大學

修業年限
La scolarité

tableau	*m.*	黑板
carte	*f.*	地圖
craie	*f.*	粉筆
pupitre	*m.*	課桌
projecteur	*m.*	投影機

教學道具
Le matériel

學習
Etudes

demander	*v.t.*	提問
répondre	*v.t.*	回答
expliquer	*v.t.*	解釋
discuter	*v.t.*	討論
démontrer	*v.t.*	示範
examen	*m.*	考試

課堂
La classe

langue étrangère	*f.*	外語
droit	*m.*	法律
relations internationales	*f.pl.*	國際關係
philosophie	*f.*	哲學
physique	*f.*	物理

學科
La discipline

教職人員
Le personnel enseignant

instituteur	*m.*	小學教師
enseignant	*m.*	教師
assistant, -e	*m./f.*	助理，助教
directeur	*m.*	校長
doyen	*n.*	（大學學院的）院長；系主任
moniteur	*m.*	輔導員

學生
L'étudiant

élève	*n.*	學生
écolier, -ère	*m./f.*	小學生
collégien, -enne	*m./f.*	國中生
lycéen, -enne	*m./f.*	高中生
étudiant, -e	*m./f.*	大學生
mastère	*m*	碩士
docteur	*m.*	博士

場所 1
Le lieu I

salle de classe	*f.*	教室
amphithéâtre	*m.*	階梯教室
laboratoire	*m.*	實驗室
centre multimédia	*m.*	多媒體中心
salle de réunion	*f.*	會議室

場所 2
Le lieu II

bibliothèque	*f.*	圖書館
terrain de sport	*m.*	運動場
piscine	*f.*	游泳池
cantine	*f.*	學校餐廳
dortoir	*m.*	宿舍

字母與發音

字母

母音

子音

半母音

語音知識

基礎文法與構句

最常用的分類單字

日常短句與情境會話

Unité
24 國家

3-24

Allemagne	*f.*	德國
Autriche	*f.*	奧地利
Belgique	*f.*	比利時
Espagne	*f.*	西班牙
Finlande	*f.*	芬蘭
France	*f.*	法國
Italie	*f.*	義大利
Royaume-Uni	*m.*	英國
Pays-Bas	*m.pl.*	荷蘭
République tchèque	*f.*	捷克
Russie	*f.*	俄羅斯
Norvège	*f.*	挪威
Suède	*f.*	瑞典

歐洲
L'Europe

國家
Pays

Australie	*f.*	澳大利亞
Nouvelle-Zélande	*f.*	紐西蘭

大洋洲
L'Océanie

Chine	*f.*	中國
Corée du Sud	*f.*	韓國
Inde	*f.*	印度
Japon	*m.*	日本
Laos	*m.*	寮國
Malaisie	*f.*	馬來西亞
Philippines	*f.pl.*	菲律賓
Singapour		新加坡
Thaïlande	*f.*	泰國
Viêtnam	*m.*	越南

亞洲
L'Asie

北美
L'Amérique du Nord

Canada	*m.*	加拿大
Cuba		古巴
États-Unis	*m.pl.*	美國
Haïti		海地
Mexique	*m.*	墨西哥
Panama	*m.*	巴拿馬

南美
L'Amérique du Sud

Argentine	*f.*	阿根廷
Brésil	*m.*	巴西
Chili	*m.*	智利
Colombie	*f.*	哥倫比亞
Venezuela	*m.*	委內瑞拉
Pérou	*m.*	秘魯

非洲
L'Afrique

Algérie	*f.*	阿爾及利亞
Cameroun	*m.*	喀麥隆
Côte d'Ivoire	*f.*	象牙海岸
Tunisie	*f.*	突尼西亞
Madagascar		馬達加斯加
Maroc	*m.*	摩洛哥
Soudan	*m.*	蘇丹
Maurice	*f.*	模里西斯

字母與發音

字母

母音

子音

半母音

語音知識

基礎文法與構句

最常用的分類單字

日常短句與情境會話

建築
Les
constructions

旅遊法國
Vacances
en France

la tour Eiffel	艾菲爾鐵塔
le musée du Louvre	羅浮宮博物館
la cathédrale Notre-Dame de Paris	巴黎聖母院
le château de Versailles	凡爾賽宮
l'Arc de Triomphe	凱旋門
le centre Pompidou	龐畢度中心
l'Opéra de Paris	巴黎歌劇院
le Musée de l'Orangerie	橘園美術館

l'Île de France	法蘭西島
la Provence	普羅旺斯
la Côte d'Azur	蔚藍海岸
la Normandie	諾曼第
la Bretagne	布列塔尼
Cannes	坎城

地區
Les régions

藝術 L'Art

film	*m.*	電影
opéra	*m.*	歌劇
théâtre	*m.*	戲劇
littérature	*f.*	文學
peinture	*f.*	繪畫
photographie	*f.*	攝影

購物 L'achat

luxe	*m.*	奢侈品
ouvrage	*m.*	工藝品
cosmétique	*m.*	化妝品
parfum	*m.*	香水
haute couture	*f.*	高級訂製服裝
vin	*m.*	葡萄酒
chocolat	*m.*	巧克力
fromage	*m.*	起士，乳酪
truffe noire	*f.*	黑松露

法國料理 La cuisine française

huître	*f.*	生蠔
tartare de bœuf	*m.*	韃靼牛肉
escargots à la Bourguignonne	*m. pl.*	勃艮第田螺
foie gras	*m.*	鵝肝
bouillabaisse	*f.*	普羅旺斯魚湯
coq au vin	*m.*	紅酒燉雞

字母與發音

字母

母音

子音

半母音

語音知識

基礎文法與構句

最常用的分類單字

日常短句與情境會話

4

短句 & 會話課
日常短句與情境會話

Unité
01 寒暄介紹

4-01

Step 1 最常用的場景單句

1. Bonjour！您 / 你好！

* 一般問候語，一天中任何時刻相遇都可以說 bonjour。天黑之後見面問候也可以用 bonsoir。常用的見面語還有 Salut！（你好！/ 再見！），多用於熟悉的朋友、同學等之間，可以表示問候，也可以表示道別。

2. Comment vous appelez-vous?
您叫什麼名字？

（答）Je m'appelle Luc. 我的名字叫呂克。

Je suis Sophie. 我是蘇菲。

Moi, c'est Emma. 我是艾瑪。

* 年輕人之間也可以「你」相稱，使用 Comment t'appelles-tu？

3. Enchanté de vous connaître.
很高興認識您。

（同）Enchanté de faire votre connaissance.
很高興認識您。

* enchanté 用在初次見面時，需根據說話的主詞決定陰陽性，即主詞是女生時要使用 enchantée。

4. Comment allez-vous?
您最近怎麼樣？

（答）Très bien, merci. Et vous? 很好，謝謝，您呢？
Moi aussi. 我也很好。

* Comment allez-vous? 此句中的 vous 是主詞人稱代名詞「您」，在正式疑問句中，主詞、動詞會倒裝。

字母與發音

字母

母音

子音

半母音

語音知識

基礎文法與構句

最常用的分類單字

日常短句與情境會話

5. Ça va?
最近怎麼樣？

（答）Ça va bien.（最近過得）很好。

Comme ci comme ça.（最近過得）馬馬虎虎。

* 是相對口語化的表達，僅適用於關係很親密的朋友、同學和家人之
間。法語中有語言層級的概念，分為書面語、通用語、口語三級。

6. Permettez-moi de vous présenter Monsieur Dumas.
請允許我向您介紹杜馬先生。

（答）Je suis content de faire votre connaissance. 很高興認識您。

7. D'où venez-vous?
您來自哪裡？

（答）Je viens de la France. 我來自法國。

Je suis français. 我是法國人。

* venir de+地點（來自某地）。本句中 où 是疑問詞，意指「哪裡」，介
系詞 de 表示來源之處，放到疑問詞前面 d'où，表示「從哪裡」。

8. Tu peux me donner ton adresse?
可以給我你的地址嗎？

（答）Oui, j'habite au 4, rue Saint-Michel. 好，我住在聖米歇爾街 4 號。

（類）Peux-tu me laisser ton adresse électronique? 你能給我你的電子信箱嗎？

9. Au revoir !
再見

（同）Ciao ! 再見！（源自義大利語）

（類）A demain ! 明天見！

（類）A bientôt ! 改天見！

10. Bonne journée !
祝有個愉快的一天！

（類）Bonne soirée ! 祝有個愉快的晚上！

（類）Bonne nuit ! 晚安！

▶ **Dialogue 1   la présentation**

Lola: Salut ! Tu t'appelles comment ？ - - - -

Louis: Je suis Louis, et toi ？

Lola: Moi, c'est Lola. Tu es français ？

Louis: Non, je suis canadien.

Lola: Je suis française. À demain, Louis !

Louis: Ciao ! À demain !

> 法語中常用疑問詞 comment 和動詞 s'appeler 構成詢問姓名的疑問句

> toi 是重讀人稱代名詞，表示「你」

▶ **對話 1   自我介紹**

羅拉：你好，你叫什麼名字？

路易：我叫路易，你呢？

羅拉：我呢，我叫羅拉。你是法國人嗎？

路易：不，我是加拿大人。

羅拉：我是法國人。明天見，路易！

路易：再見！明天見！

文法說明

法語中的名詞和形容詞有陰陽性和單複數之分，形容詞要和其所修飾的名詞或代名詞保持陰陽性和單複數的一致。Je suis française. 中的 française 是形容詞的陰性形式，表示說話者是女性，如果主詞是男性的話，要用陽性形容詞 français。enchanté 和 enchantée 也是同樣的情況。

▶ **Dialogue 2　la première rencontre**

Madame Wang:	Bonjour, Monsieur Martin ! Comment allez-vous ?
Monsieur Martin:	Bonjour, Madame Wang ! Très bien, merci, et vous ?
Madame Wang:	Tout va bien, merci.
Monsieur Martin:	Permettez-moi de vous présenter mon collègue, Monsieur Dupont.
Madame Wang:	Bonjour, Monsieur Dupont ! Enchantée de faire votre connaissance.
Monsieur Dupont:	Bonjour, Madame Wang ! Enchanté !

> présenter qch./qn. à qn.
> 向某人介紹某物／某人

> faire connaissance 結識

▶ **對話2　初次見面做介紹**

王女士：　馬丁先生您好！您最近好嗎？

馬丁先生：王女士您好！很好，謝謝，您呢？

王女士：　一切都順利，謝謝。

馬丁先生：請容我向您介紹我的同事，杜邦先生。

王女士：　您好，杜邦先生！很榮幸認識您。

杜邦先生：您好，王女士！很榮幸認識您！

文化連結

在法國與人打招呼時，最常用的是Bonjour！（早安！你好！）和Bonsoir！（晚上好！）有時還會聽到法國人說coucou，這也是打招呼的一種方式，不過它並不是「你好」的意思，而是想引起對方的注意。所以coucou後面經常接的是c'est moi.。至於為什麼要說coucou，這是因為coucou是布穀鳥的聲音，因而常用coucou打招呼。

Unité
02 日期與天氣

Step 1 最常用的場景單句

1. Quelle date sommes-nous aujourd'hui?
今天幾號？

(答) Nous sommes le 19 juillet. 今天是 7 月 19 日。

　* Nous sommes... 用來表達日期、月份、季節等。日期的表達要使用「定
　　冠詞 le＋基數詞」的結構，「1 日」使用序數詞 premier。和英式英語
　　一樣是日期在前、月份在後，書寫時日期一般直接使用阿拉伯數字，
　　月份的字首字母不用大寫。

2. Quel jour sommes-nous aujourd'hui?
今天星期幾？

(答) Nous sommes mercredi. 今天星期三。

　* quelle date 用來問日期，quel jour 用來問星期。表示「星期幾」時直接
　　使用星期的名詞，字首字母不用大寫，也不需要加介系詞。

3. En quel mois sommes-nous?
現在是幾月？

(答) Nous sommes en mai. 現在是五月。

　* 介系詞 en 用在月份、年份前時可構成時間狀語，此時要省略冠詞。表
　　示「在～月」時也可以用結構「au mois de＋月份」。

4. En quelle année sommes-nous?
現在是哪一年？

(答) Nous sommes en 2020. 現在是 2020 年。

字母與發音

字母

母音

子音

半母音

語音知識

基礎文法與構句

最常用的分類單字

日常短句與情境會話

5. En quelle saison sommes-nous?
現在是哪個季節？

(答) Nous sommes en automne. 現在是秋天。

　　* 表達四季時要注意介系詞變化：au printemps（在春天），en été（在夏天），en automne（在秋天），en hiver（在冬天）。

6. Quel temps fait-il aujourd'hui?
今天天氣怎麼樣？

(答) Il fait beau aujourd'hui. 今天天氣很好。

　　* 問天氣時使用疑問形容詞 quel，此處 temps 意為「天氣」，而非「時間」。常用非人稱主詞 il 來表示天氣。Il fait 後可跟 bon（好的），beau（美的），mauvais（糟糕的），froid（冷的），chaud（熱的），sec（乾燥的），humide（潮濕的）等形容詞描述天氣。

7. Il va pleuvoir. 要下雨了。

　　* aller＋動詞不定式（動詞原形）為近未來時，表示很快發生的事。pleuvoir（下雨），neiger（下雪），tonner（打雷），venter（颳風）等為專門描述天氣的動詞，只能和非人稱主詞 il 搭配使用。

8. Il y a du vent. 有風。

　　* il y a＋部分冠詞＋名詞也可用來表示天氣現象。常見如 Il y a des nuages.（有雲）；Il y a du brouillard.（有霧）等。

9. Quelle température fait-il?
氣溫幾度？

(答) Il fait 20°C (vingt degrés) /-6°C (moins six degrés). 氣溫 20°C／-6°C。

　　* 問溫度時使用疑問形容詞的陰性形式 quelle，來與 température（f. 溫度）配合。

10. La météo dit que le temps va changer.
天氣預報説天氣要變了。

　　* que 為連接詞，用於引導出後面的了句，即 le temps va changer 這個句子是作為 dire 的受詞。

最常用的場景對話

▶ **Dialogue 1   Bon Anniversaire**

Henri: Quand est ton anniversaire?

Tya: C'est le 12 septembre.

Henri: Ah, c'est demain! Bon anniversaire!

Tya: Merci. Et le tien?

Henri: Moi, je suis né le 23 févier 1997.

Tya: Nous avons le même âge.

Henri: Quelle coïncidence!

> né 為動詞 naître（出生）的複合過去時形式，後面的日期表示生日。

> même 是泛指形容詞，放在名詞前，表示「相同的」。

▶ **對話 1   聊生日**

亨利：你的生日是什麼時候？

蒂亞：是 9 月 12 日。

亨利：啊，是明天！生日快樂！

蒂亞：謝謝。你呢？

亨利：我啊，我出生於 1997 年 2 月 23 日。

蒂亞：我們年紀一樣大。

亨利：好巧啊！

文法說明

· le tien 意為「你的」，此處用來指稱 ton anniversaire。le tien 屬於所有格代名詞。

· 「感歎形容詞 quel ＋名詞」構成感歎句，quel 要與所限定的名詞之性別和數量保持一致。

· 感歎副詞 comme 可以加上句子構成感歎句，如 Comme il est gentil!（他是多麼親切啊！）

· 「plus de ＋名詞」結構是數量比較級的表達，意為「多於」「高於」，同級和較低級表達分別使用 aussi de 和 moins de。

字母與發音

字母

母音

子音

半母音

語音知識

基礎文法與構句

最常用的分類單字

日常短句與情境會話

▶ **Dialogue 2　Le temps**

Sophie:　Comme il fait chaud aujourd'hui!

> 非人稱句型 il fait 表示天氣。

Philippe:　Oui, c'est l'été. Le soleille brille.

Sophie:　Quelle est la température? Plus de 30 degrés?

Philippe:　Oui, il fait 36 degrés!

Sophie:　Heureusement, notre bureau est climatisé.

Philippe:　Il va pleuvoir cet après-midi, n'oublie pas ton parapluie!

▶ **對話 2　聊天氣**

> 此句用的是近未來時，表示「馬上要下雨」。

索菲：　今天好熱啊！

菲力浦：是啊，夏天了。太陽很大。

索菲：　氣溫幾度？超過 30℃ 了吧？

菲力浦：是的，今天 36℃！

索菲：　幸好，我們辦公室有冷氣。

菲力浦：今天下午要下雨，別忘了你的傘！

文化連結

法國地處溫帶，沿海與大部分內陸地區氣候都較溫和。西北部主要為冬暖夏涼、降雨平均的溫帶海洋性氣候，中部為具有海洋性特徵的溫帶大陸型氣候，東南部為夏季炎熱乾燥、冬季溫和多雨的典型地中海型氣候。

Step 1 最常用的場景單句

1. Quelle heure est-il? 幾點了？

（同）Vous avez l'heure? / Tu as l'heure? 您／你知道幾點了嗎？

　　* 法語中通常使用「il est＋時間」的非人稱句型來詢問或表達時間。

2. Il est huit heures et demie du matin.
　　現在是早上八點半。

　　* 時間表達後可接 du matin/de l'après-midi/du soir 等詞語，以明確表示
　　　「上午」「下午」「晚上」。

　　* et demie 用於表達「30 分；半點鐘」。

3. Il est dix heures moins le quart.
　　現在距離 **10** 點還有一刻鐘時間。

（同）Il est neuf heures quarante-cinq. 現在是 9：45。

（同）Il est dix heures moins quinze. 現在距離 10 點還有 15 分鐘。

　　* 「X heure(s)＋demie」是「X 點半」的意思；「X heure(s) et quart」是
　　　「X 點一刻鐘」的意思；「X heures(s) moins le quart」是「距離 X 點
　　　還差一刻鐘」的意思；「X heure(s) Y」是「X 點 Y 分」的意思；「X
　　　heure(s) moins Y」是「距離 X 點還差 Y 分」的意思。

4. Soyez à l'heure! 請你們準時！

　　* à l'heure 表示「準時」，en avance 表示「提前」，en retard 表示「遲
　　　到」。

5. A quelle heure est-ce que le travail commence en hiver?
冬季的時候，幾點開始上班？

* à quelle heure 用於詢問「在幾點」。

* en hiver 在冬天；en automne 在秋天；au printemps 在春天；en été 在夏天。請注意介系詞的變化。

6. Je suis occupé(e) toute la semaine, du lundi au vendredi!
我一整個星期都很忙，從週一到週五！

* occupé, -e *adj.* 忙的，忙碌的

* de... à... （從…到…）：當表示「每週…」的時候，星期幾的前面會加上定冠詞 le，以表示「每週一，每週二…」這樣的概念，此時 de 和 le 會縮寫成 du；à 和 le 縮寫成 au。

7. Je prends le déjeuner avec des amis.
我和朋友們一起吃午飯。

* prendre 意思很多，如「吃，拿、買、搭乘」等，需要根據語境判斷，在本句中為「吃」的意思。

8. Il range ses affaires avant de nettoyer sa chambre.
他打掃房間前先整理東西。

* avant de＋inf. 表示「在做某事之前」。

9. Nous participons à la fête ou restons à la maison aujourd'hui?
我們今天要參加聚會還是待在家裡呢？

(答) On organise une fête ce soir, n'oubliez pas. 今天晚上有聚會，可別忘了。

(答) Je prends mon dîner avec des collègues à la cantine.
我要和同事們在餐廳一起吃晚飯。

10. Qui va chercher les enfants après l'école?
孩子放學後誰去接孩子呢？

(答) Ça dépend. Parfois c'est moi, parfois c'est ma femme.
這得看情況。有時候是我，有時候是我妻子。

字母與發音

字母

母音

子音

半母音

語音知識

基礎文法與構句

最常用的分類單字

日常短句與情境會話

▶ **Dialogue 1** **Le matin**

Maman: Lève-toi vite, Arthur! Sinon tu seras en retard!

Arthur: Il est quelle heure maintenant?

en retard 遲到

Maman: Il est déjà sept heures et demie.

Arthur: OK, je vais me laver.

Maman: Qu'est-ce que tu veux prendre au petit-déjeuner?

Arthur: Des croissants et du café, merci, maman.

du 為部分冠詞,用於不可數名詞前。

▶ **對話 1** **早上**

媽媽: 快起床了,阿爾蒂爾!不然你要遲到了!

阿爾蒂爾:現在幾點了?

媽媽: 已經七點半了。

阿爾蒂爾:好的,我馬上去洗漱。

媽媽: 你早餐想吃什麼?

阿爾蒂爾:可頌和咖啡,謝謝媽媽。

文法說明

· 在肯定命令式中,反身動詞中的反身代名詞放在動詞之後,且 me, te 要分別變為 moi, toi。

· sinon（*conj.* 否則,不然）後多用條件式,使用時須依語境判斷。在本句中,serais 為 être 的條件式現在時第二人稱單數的變化形式。

字母與發音

字母

母音

子音

半母音

語音知識

基礎文法與構句

最常用的分類單字

日常短句與情境會話

> chez＋重讀人稱代名詞，表達「在…家中」。

▶ **Dialogue 2　Le soir**

Iris:　　A quelle heure est-ce qu'on prend le dîner chez toi?

Kevin:　Normalement à sept heures du soir.

Iris:　　Et après? Vous faites une promenade?

Kevin:　Oui, et puis, mes parents regardent la télévision, moi, je surfe sur Internet.

Iris:　　Tu vas au lit avant dix heures?

Kevin:　Non, d'habitude, je me couche vers onze heures.

> d'habitude 意為「習慣地，通常」，相當於 comme d'habitude。

▶ **對話 2　晚上**

伊麗絲：你家幾點吃晚餐？

凱文：　通常是晚上 7 點。

伊麗絲：然後呢？你們會去散步嗎？

凱文：　會，然後我爸媽會看電視，我呢，我會上網。

伊麗絲：你 10 點之前上床睡覺嗎？

凱文：　不會，我通常大概 11 點睡覺。

文化連結

法式早餐基本上以甜食為主，從南到北都是這樣。法式麵包統稱 les viennoiseries，最常見的就是長棍麵包（baquette）塗奶油或果醬，當然還有可頌（croissant）、巧克力麵包（pain au chocolat）、葡萄麵包（pain aux raisins）、蘋果酥皮派（chausson aux pommes）等，喝的會是以牛奶、咖啡、熱巧克力、茶或優酪乳、麥片、水果和果汁為主。

Unité
04 電話交流

4-04

1. Allô, je suis chez François?
喂，是弗朗索瓦的家嗎？

(同) C'est bien chez François? 是弗朗索瓦的家嗎？

> *「c'est＋人名」通常用來確認接電話的人是誰。如果要表示「是 XX 的家嗎」，可使用「chez＋姓氏」表達「在 XX 的家」。如 C'est bien chez Monsieur Dupont?（是杜邦先生家嗎？）

2. Je pourrais parler à Monsieur Martin?
我能和馬丁先生講電話嗎？

(同) Je voudrais parler à Monsieur Martin. 我想要和馬丁先生通話。

3. C'est de la part de qui?
請問您是哪位呢？

(同) Qui est à l'appareil? 請問您是誰呢？

4. Attendez un instant.
請稍候。

(同) Ne quittez pas. 請不要掛斷。

(同) Un moment, s'il vous plaît. 請您稍等片刻。

5. Ne quittez pas. 別掛電話。

(同) Ne raccrochez pas. 別掛電話。

字母與發音

字母

母音

子音

半母音

語音知識

基礎文法與構句

最常用的分類單字

日常短句與情境會話

6. La ligne est occupée.
忙線中。

(類) La ligne est mauvaise. 線路不穩。

(類) Je ne vous entends pas bien. 我聽不清楚您的聲音。

7. Pourriez-vous parler lentement, s'il vous plaît ?
可以請您說慢一點嗎？

(類) Pourriez-vous répéter cela, s'il vous plaît? 可以請您重複一遍嗎？

　　* pourriez 是動詞 pouvoir（能夠）的條件式現在時針對主詞「您」的動詞變化，表示委婉的請求。

8. Est-ce que je peux lui passer un message?
我能留言給他嗎？

(同) Est-ce que je peux lui laisser un message? 我能留言給他嗎？

(類) Je vais rappeler plus tard. 我晚點再打來。

　　* lui 在本句中是間接受詞人稱代名詞。一般用於代稱以介系詞 à 或 pour 引導的間接受詞（如 à Martin），放在動詞前。

9. Je lui transmettrai votre message.
我會將您的留言轉達給他的。

(同) Le message lui parviendra. 留言將會傳給他的。

10. Quelqu'un m'a appelé tout à l'heure?
剛才有人打電話找我嗎？

　　* quelqu'un 是泛指代名詞，可理解為「某人」。

11. Je vous appelle pour confirmer votre visite à 9h le 3 octobre.
我來電是想確認您10 月 3 日那天早上 9 點的來訪。

　　* 法文中確切日期的表達結構是 le +日期 +月份。注意月份單字的字首字母不需要大寫。

▶ **Dialogue 1　L'appel entre des amis**

Gauthier:　Allô, est-ce que Ludovic est là?

Ludovic:　Oui, c'est lui-même. Vous êtes... ?

> 重讀人稱代名詞 -même 是表達「某人自己」的意思。

Gauthier:　Ludovic, c'est Gauthier. Je t'ai appelé plusieurs fois, la ligne était occupée.

Ludovic:　C'est toi, Gauthier! J'ai eu mes parents au téléphone.

Gauthier:　Je t'appelle pour demander si tu veux aller au cinéma demain. Ça te conviendrait?

> conviendrait 是 convenir 的條件式現在時，語氣更加委婉。

Ludovic:　C'est une bonne idée! On y va ensemble!

▶ **對話 1　朋友間的通話**

高提耶：　喂？呂多維克在嗎？

呂多維克：在，我就是，您是…？

高提耶：　呂多維克，我是高提耶。我打了好幾通電話給你，但忙線中。

呂多維克：是你呀，高提耶！我剛在和我爸媽講電話。

高提耶：　我打來是要問你明天要不要去看電影。你時間方便嗎？

呂多維克：好主意！我們一起去！

文法說明

- sera 是 être 針對主詞 il/elle 的簡單未來時變化形式。
- 「dans＋一段時間」表示「在…以後」的意思，是表示未來時態的片語。

字母與發音

字母

母音

子音

半母音

語音知識

基礎文法與構句

最常用的分類單字

日常短句與情境會話

▶ Dialogue 2　Laisser un message

> agence de voyages 旅行社

Secrétaire: <u>Agence de voyages</u> de Marseille, bonjour.

M. Saland: Bonjour, je peux parler à Madame Dupuis, s'il vous plaît?

Secrétaire: Madame n'est pas là <u>pour l'instant</u>.

> pour l'instant 目前

M. Saland: Quand elle sera au bureau? C'est urgent.

Secrétaire: Dans une demi-heure <u>à peu près</u>. Est-ce que vous voulez lui laisser un message?

> à peu près 差不多，大約

M. Saland: D'accord, dites-lui de me rappeler avant 10 heures et demie.

▶ **對話 2　電話留言**

祕書： 這裡是馬賽旅行社，您好。

薩朗先生：您好，請問我能和杜皮耶女士通話嗎？

祕書： 杜皮耶女士目前不在。

薩朗先生：她什麼時候會在辦公室？我有急事。

祕書： 大約半個小時之後。您要留言給她嗎？

薩朗先生：好的。請她 10:30 前回我電話。

文化連結

在法國，接電話時人們通常不會先報上自己的名字，而是由打電話的人先做自我介紹。企業或機構的行政人員在接聽外部打來的電話時，一般會先報上企業或機構的名稱。

235

Unité
05 聊天

Step 1 最常用的場景單句

1. Combien êtes-vous dans votre famille?
你們家有幾個人？

(同) Combien de personnes y a-t-il dans votre famille? 你們家有幾個人？

(答) Nous sommes quatre dans notre famille. 我們家有四個人。

　　* combien 是用於問數量的疑問副詞，後接名詞時要加上介系詞 de。

2. J'ai un frère, pas de sœur.
我有一個哥哥（弟弟），沒有姐姐（妹妹）。

　　* pas de＋名詞表示「沒有…」。

3. Etes-vous marié(e)?
您結婚了嗎？

(答) Oui, il y a deux ans. 結了，兩年前結的。

(答) Non, je suis célibataire. 沒有，我單身。

4. Où habite ta famille?
你的家人住在哪呢？

(答) Ils vivent à Lyon. 他們住在里昂。

(類) Tes parents sont aussi à Paris? 你父母也在巴黎嗎？

5. Que fait ton père dans la vie?
你爸爸是做什麼的？

(同) Quelle est la profession de ton père? 你爸爸的職業是什麼？

6. Il est médecin. 他是醫生。

類 Il est à la retraite. 他退休了。

> * 在介紹職業時，接在 être 後面的職業名詞會省略冠詞。

7. Qu'est-ce que tu aimes faire quand tu es libre?
你有空的時候喜歡做什麼？

答 À vrai dire, je préfère jouer de piano . 說實話，我比較喜歡彈鋼琴。

答 J'adore la calligraphie. 我特別喜歡書法。

8. J'aime nager. 我喜歡游泳。

同 J'aime la natation. 我喜歡游泳

同 J'aime la photographie. 我喜歡攝影。

反 La danse ne me dit rien. 我對舞蹈一點興趣都沒有。

> * aimer, adorer, préférer 等動詞後面可以直接接動詞不定式或名詞。

9. Elle préfère les plantes aux animaux.
她喜歡植物勝過於動物。

同 Le jardinage m'intéresse plus que le bricolage.
我喜歡園藝，勝過於在家裡修修補補。

> * préférer A à B 表示「喜歡 A 勝過於 B」，相當於 aimer A plus que B。

10. Il s'intéresse beaucoup au jogging.
他很喜歡慢跑。

同 Le jogging l'intéresse beaucoup. 慢跑讓他感興趣。

> * s'intéresser à 表示「某人對某事感興趣」，intéresser qn.表示「某事讓
> 某人感興趣」，意思相近但表達方式不同，注意區分主詞。

字母與發音

字母

母音

子音

半母音

語音知識

基礎文法與構句

最常用的分類單字

日常短句與情境會話

▶ **Dialogue 1　La famille**

Smith:　　Combien de personnes y a-t-il dans ta famille?

Caroline:　Nous sommes trois, mes parents et moi. Je n'ai ni frère ni
　　　　　　　sœur.

> ne... ni... ni 既不⋯也不⋯

Smith:　　Où habite ta famille, ils sont aussi à Toulouse?

Caroline:　Non, ils vivent à Lyon.

Smith:　　Ah, ce n'est pas trop loin. Que font tes parents?

Caroline:　Ma mère était journaliste, mon père était ingénieur, mais ils
　　　　　　　sont tous à la retraite maintenant.

> retraite *f.* 退休

▶ **對話 1　聊家庭**

史密斯：你家幾個人？

卡洛琳：我們家三個人，我父母和我。我沒有兄弟也沒有姐妹。

史密斯：你的家人住在哪呢，他們也在土魯斯嗎？

卡洛琳：不是，他們生活在里昂。

史密斯：哦，也不算太遠。你父母是做什麼工作的？

卡洛琳：我媽媽以前是記者，我爸爸以前是工程師，但是他們現在都退
　　　　休了。

文法說明

・était 是動詞 être 的未完成過去時變化，用於對過去時間點的狀態進行描述。

・plus... que... 是法語中的比較級，此處表示「比⋯更（多）」。

・être fasciné par 是被動態結構，由助動詞 être 加上動詞的過去分詞 fasciné 構成，介系詞 par 接施予動作的對象，表示「被⋯強烈吸引」。

▶ **Dialogue 2　Le temps libre**

Vincent:　Qu'est-ce que tu aimes lire pendant tes temps libres?

Alex:　Ah oui, je suis passionné de lecture. Je préfère lire les œuvres littéraires.

Vincent:　Les œuvres littéraires sont vraiment classiques, mais pour moi, les <u>romans policiers</u> m'intéressent plus que les œuvres littéraires.

> roman policier *m.* 偵探小説

Alex:　Et à part ça, quel est ton <u>passe-temps</u> favori? Tu fais souvent du sport?

> passe-temps *m.* 消遣

Vincent:　Non, je ne l'aime pas. À vrai dire, je suis fasciné par la peinture.

Alex:　Exactement, tu es doué en peinture.

▶ **對話 2　聊休閒嗜好**

文生：　閒暇時間你喜歡讀些什麼？

艾力克斯：是的，我非常喜歡閱讀。我尤其喜歡看文學名著。

文生：　文學名著確實很經典，但是對我而言，比起文學名著我更喜歡偵探小説。

艾力克斯：那麼除了閱讀，你最喜歡的消遣嗜好是什麼呢？你經常運動嗎？

文生：　不，我不愛運動。説實話，我癡迷於繪畫。

艾力克斯：的確，你對繪畫很有天賦。

文化連結

和法國人閒聊時，可以聊日常生活、興趣愛好、娛樂活動等話題，比如旅行、運動、流行音樂等，一般儘量不涉及政治立場、個人收入情況等話題。

239

Unité
06 餐廳用餐

4-06

1. Je voudrais réserver une table pour deux personnes pour ce soir, à 7 heures. 我想預訂今晚 7 點兩人的座位。

㊣ C'est à quel nom? 是以誰的名字預訂呢？

㊣ Pouvez-vous nous laisser votre numéro de téléphone?
可以留下您的電話號碼嗎？

　* voudrais 是 vouloir 的條件式現在時變化，表示委婉的語氣。

2. Y a-t-il encore des places libres?
還有空位嗎？

㊣ Il n'y a plus de place pour l'instant. 目前沒有位子了。

3. Vous avez commandé?
您點菜了嗎？

　* 法式料理菜單上通常會包含開胃菜（entrée）、湯（soupe）、沙拉（salade）、海鮮（fruits de mer）、肉類(viande）、點心（dessert）、飲料(boisson）這幾類。

4. Quelles sont les spécialités d'ici?
這裡的特色料理是什麼？

㊣ Le menu, s'il vous plaît. 請給我菜單。

㊣ Qu'est-ce que vous avez comme entrée? 你們這裡開胃菜有什麼？

　* spécialité *f.* 特色，拿手菜

240

5. Qu'est-ce que vous voulez comme entrée?
開胃菜您想吃什麼？

(答) Le plat du jour pour moi. 我要點今日特餐。

(類) Qu'est-ce que vous prenez comme dessert? 您點什麼甜點？

* 介系詞 comme 表示「作為」，後面接不帶冠詞的名詞。

6. Qu'est-ce qu'il y a comme boisson?
這裡有什麼飲料呢？

(同) Qu'est-ce que vous avez comme boisson? 你們這裡有什麼飲料？

(類) J'hésite entre le cola et le jus de pomme. 我不知道該點可樂還是蘋果汁。

7. C'est un bon restaurant.
這家餐廳不錯。

* 基本上法國的餐廳可分成：Café（咖啡館），Bistrot（小酒館），La
Brasserie（餐館，小酒館），Gastronomique（高級餐廳）。

8. Ce restaurant sert la cuisine chinoise.
這家餐廳供應中式料理。

(類) La cuisine de ce restaurant est excellente. 這家餐廳的菜很好吃。

9. Ce plat me plaît beaucoup.
這道菜很合我的胃口。

(類) Ça sent bon ! 真美味呀！

(類) La sauce est fade. 醬汁淡而無味。

(類) C'est trop salé. 太鹹了。

10. Ça fait combien en somme?
一共多少錢？

(同) Je vous dois combien? 我要付多少錢？

(答) Ça fait 52 euros. 一共 52 歐元。

字母與發音

字母

母音

子音

半母音

語音知識

基礎文法與構句

最常用的分類單字

日常短句與情境會話

▶ **Dialogue 1　Commander des plats**

Serveur:　Monsieur, vous avez choisi?

Louis:　　Oui, je vais prendre un menu avec un steak et une soupe à
l'oignon en entrée.

> saignant, -e *adj.* 三分熟的

Serveur:　Votre steak, comment vous le voulez ?

Louis:　　Saignant. Et comme boisson, j'hésite entre la bière et le jus
d'orange.

Serveur:　Je vous conseiller de choisir la bière.

> hésiter *v.t.* 猶豫
> hésiter entre A et B
> 在 A 和 B 之間猶豫

Louis:　　D'accord, une bière, s'il vous plaît.

▶ **對話 1　點餐**

服務員：先生，選好了嗎？

路易：　是的，我要一份牛排及洋蔥湯當前菜的套餐。

服務員：牛排您想要幾分熟？

路易：　三分熟。飲料的話，我猶豫要點啤酒還是柳橙汁。

服務員：我建議您選啤酒。

路易：　好的，一杯啤酒，謝謝。

文法說明

食物名詞大多是不可數名詞，如果表示的是某一類食物或特定的食物，一般使用定冠詞，比如 Dialogue 2 中的 la viande；如果表示的是部分的概念，一般使用部分冠詞，比如 des haricots verts（一些四季豆）和 du pain（一些麵包）；在點餐時也可以使用不定冠詞 un, une 來表示「一份（食物）」。

字母與發音

字母

母音

子音

半母音

語音知識

基礎文法與構句

最常用的分類單字

日常短句與情境會話

▶ **Dialogue 2　Donner des avis sur des plats**

Camille:　Ce plat me plaît beaucoup.

Julien:　Oui, surtout des haricots verts frais et tendres, c'est délicieux!

Camille:　Mais la viande est un peu dure.

> 「un peu de ＋ 名詞」意思是「一點點的…」

Julien:　C'est vrai. Tu veux goûter un peu de fromage?

Camille:　D'accord, mais il y a une odeur...

Julien:　Manges-en avec du pain!

> en 為代名詞，代替 du fromage，此句為命令式，en 放在相關動詞後。

▶ **對話 2　針對菜色給予意見**

卡蜜兒：這道菜很合我胃口。

朱利安：是的，尤其是這些新鮮且嫩的四季豆，太美味了！

卡蜜兒：但是肉有一點硬。

朱利安：的確。你想嘗點乳酪嗎？

卡蜜兒：好的，但是它有些味道…

朱利安：配著麵包一起吃吧！

文化連結

法國人的午餐和晚餐一般分為前菜、主菜、甜點等幾個部分。前菜為沙拉、湯等；主菜通常是魚或是肉配蔬菜等；甜點一般為冰淇淋、水果派或者是蛋糕等。法國的餐廳一般都會為顧客提供套餐 (au menu) 和單點 (à la carte) 兩種點餐方式。

Unité
07 購物

Step 1 最常用的場景單句

1. Qu'est-ce que vous désirez?
您想要點什麼？

(同) Qu'est-ce que vous voulez? 您想要什麼？

(類) Je peux vous aider? 我能幫您嗎？

(類) Qu'est-ce que je peux faire pour vous? 我能為您做什麼嗎？

2. Où est-ce que je peux trouver les manteaux?
我可以在哪裡找到大衣呢？

(同) Savez-vous où sont les manteaux? 您知道大衣放在哪嗎？

3. Je voudrais cette veste en noir.
我想要這件黑色的上衣。

* en＋顏色表示「某物是…顏色」。

4. Quelle taille faites-vous?
您穿多大尺寸（的衣服）？

(同) Quelle pointure faites-vous? 您穿多大尺寸（的鞋）？

(答) Je fais du 38. 我穿 38 號。

5. Vous pouvez me recommander une crème solaire?
您能推薦我防曬乳嗎？

* recommander v.t. 推薦，介紹（同義表達：conseiller v.t. 建議）

6. Cette jupe me va bien.
這條裙子很適合我。

(反) Cette robe ne me convient pas. 這條連衣裙不適合我。

字母與發音

字母

母音

子音

半母音

語音知識

基礎文法與構句

最常用的分類單字

日常短句與情境會話

(類) Cette chemise me va bien, je vais réfléchir.
這件襯衫挺合適的，我再想想。

* qch. aller bien à qn.和 qch. convenir à qn.都可以表示「某事物適合某人」。

7. Quel est le prix de cette veste?
這件上衣的價格是多少？

(同) Combien coûte cette veste? 這件上衣多少錢？

8. C'est trop cher.
這太貴了。

(反) Ce n'est pas cher. 這不貴。

(反) C'est donné. 這的確很便宜。

(類) Les prix sont négociables? 價格是可以再商議的嗎？

9. Ces chaussures sont en solde.
這些鞋子在打折。

(同) On fait une réduction pour ces chaussures. 這些鞋子有折扣優惠。

10. Comment réglez-vous? En liquide ou par carte?
您要怎麼付款？現金還是刷卡？

(類) Vous payez à la caisse, c'est par là. 請到櫃檯結帳，在那邊。

* 疑問副詞 comment 可理解為「如何」，通常用於提問動作的方式、方法、所處的狀態等。

11. Je vous rends la monnaie.
我找您零錢。

▶ **Dialogue 1 Essayer une robe**

Céline: Bonjour, madame, est-ce que je pourrais essayer cette robe en bleu, s'il vous plaît?

> qch. aller bien à qn.
> 某事物適合某人。

Serveuse: Oui, madame. Quelle est votre taille?

Céline: Normalement, je fais du 38, apparemment <u>celle-ci me va bien</u>.

> celle-ci 指示代名詞，
> 表示「這一件」。

Serveuse: Oui, c'est assez grand pour vous.

Céline: Ça fait combien ?

Serveuse: 30 euros totalement. Cette robe est <u>en solde</u>.

> en solde 打折

▶ **對話 1 試穿連身裙**

思琳： 女士您好，請問我可以試穿這條藍色的連身裙嗎？

服務員：好的，女士。您的尺寸是？

思琳： 我通常都穿 38，這件看起來很合適。

服務員：是的，這件尺寸適合您。

思琳： 多少錢？

服務員：這款連身裙正在打折，總共 30 歐元。

文法說明

ne... que 句型表示「僅僅，只」的意思，相當於副詞 seulement。其中 que 的位置比較靈活，可放在被限定的受詞、補語、動詞等元素之前。比如 Il ne va au cinéma que le samedi.（他只在週六去電影院。）

字母與發音

字母

母音

子音

半母音

語音知識

基礎文法與構句

最常用的分類單字

日常短句與情境會話

▶ Dialogue 2　Négocier et payer

Nathalie:　Vous ne pouvez pas baisser un peu le prix?

Caissier:　D'accord, vous pouvez l'avoir à 60 euros.

Nathalie:　Merci, vous acceptez les cartes de crédit?

Caissier:　Désole, nous n'acceptons que l'argent liquide.

Nathalie:　Tenez, voici 60 euros. Pourriez-vous me l'emballer?

Caissier:　Oui. N'oubliez pas de bien garder le ticket de caisse.

▶ **對話 2　殺價與付款**

娜塔莉：您能降一點價格嗎？

收銀員：好的，您可以用 60 歐元把它帶走。

娜塔莉：謝謝，您接受信用卡支付嗎？

收銀員：抱歉，我們僅接受付現。

娜塔莉：這裡，60 歐元。您能幫我把它包裝起來嗎？

收銀員：可以。請收好收據。

文化連結

法國人一般會在超市（Supermarché）購買日常所需的食材產品，因為選擇較多且便宜；在雜貨店或市集購買瓜果蔬菜、乳酪、肉、魚等新鮮食品；在商場購買衣服等。說到法式穿衣風格，只要是能見到人的場合，法國的女生都會畫個淡妝，她們懂時尚但永遠不會被時尚所追趕過去，適合自己的剪裁、不花哨的配色、畫龍點睛的飾品，她們堅信「穿得對永遠比穿什麼更重要」。

Unité
08 問路與搭車

4-08

Step 1 最常用的場景單句

1. Où est la rue Pasteur, s'il vous plaît?
請問巴斯德路怎麼走？

(同) Pouvez-vous m'indiquer la rue Pasteur?
你可以跟我指引一下巴斯德路怎麼走嗎？

2. Vous allez jusqu'au carrefour.
您一直走到十字路口為止。

(類) Vous tournez à droite. 您右轉。

(類) Vous devez traverser la rue. 您得過馬路。

3. C'est à côté de l'hôtel.
在飯店旁邊。

(類) C'est à votre gauche. 在您左手邊。

(類) C'est de l'autre côté de la rue. 在馬路的另一邊。

4. Quel bus / Quelle ligne de métro doit-on prendre pour aller au parc? 我們應該搭哪一路公車／哪條地鐵線去公園呢？

＊動詞 prendre 可以搭配各種交通工具，表示「搭乘⋯」，比如 prendre l'avion（搭飛機），prendre le taxi（搭計程車）等。

5. Nous allons au supermarché en voiture.
我們開車去超市。

＊介系詞 en 也可以搭配各種交通工具，表示所使用的交通方式。比如 en métro（搭地鐵），en moto（騎摩托車）等，但要特別注意「步行」為 à pied。

6. A quelle station de métro est-ce que je dois descendre?
我應該在哪一站地鐵站下車？

類 A quel arrêt est-ce que je dois changer de bus? 我應該在哪一站轉搭公車？

> * quel/quelle 為疑問形容詞，放在名詞前，並與名詞之性別和數量保持一致，表示「哪一個」。

7. Il y a toujours des embouteillages aux heures de pointe.
尖峰時刻總是塞車。

> * embouteillage *m.* 交通阻塞；堵車，塞車

8. Je voudrais réserver une place dans un wagon non-fumeurs. 我想預訂一個非吸煙車廂的座位。

類 Je voudrais réserver une place en classe économique pour le vol Paris-Taipei. 我想訂一張從巴黎飛台北航班的經濟艙座位。

9. À quelle heure part le prochain bateau pour Nice?
下一班到尼斯的船幾點出發？

> * 「pour + 地點」表示「去某地方」，同義表達：en direction de +地點。

10. L'avion va décoller/atterrir à 19h45。
飛機將在 19:45 起飛／降落。

類 L'avion va décoller, attachez votre ceinture. 飛機即將起飛，請繫上安全帶。

類 Éteignez tous les appareils électroniques. 請關閉所有電子產品。

11. Il faut arriver à l'aéroport 2 heures en avance pour les formalités.
必須提前兩個小時到機場辦手續。

類 Je vais faire enregistrer mes bagages. 我要去托運行李。

> * il faut 為非人稱結構，後接動詞不定式表示「應該要做某事」。

字母與發音
字母
母音
子音
半母音
語音知識
基礎文法與構句
最常用的分類單字
日常短句與情境會話

▶ **Dialogue 1　Aller à la poste**

Michel:　　Madame, excusez-moi, pouvez-vous m'indiquer la poste la plus proche, s'il vous plaît.

Julie:　　Vous allez tout droit et tournez à gauche au deuxième feu. Vous verrez une petite place.

> de l'autre côté de 在⋯的另一側

Michel:　　J'ai besoin de traverser la place ?

Julie:　　Oui, la poste se trouve de l'autre côté de la place.

Michel:　　C'est loin d'ici? Je suis un peu pressé.

Julie:　　Non, c'est environ à quinze minutes à pied.

> à pied 步行

▶ **對話 1　問路：去郵局**

米歇爾：女士您好，不好意思，請問能否指引我要怎麼到最近的郵局？

朱莉：　您一直往前走，在第二個紅綠燈處左轉。您會看到一個小廣場。

米歇爾：我需要穿過廣場嗎？

朱莉：　需要，郵局在廣場的另一邊。

米歇爾：離這裡遠嗎？我有點趕時間。

朱莉：　不遠，步行大概 15 分鐘。

文法說明

‧ la plus proche 是形容詞的最高級結構，由「定冠詞＋plus/moins＋形容詞」構成，與其所修飾的名詞之性別和數量保持一致。

‧ avoir besoin de 表示「需要～」，後面可接名詞或動詞不定式。

‧ à quinze minutes 中的介系詞 à 表示「距離某目的地有多遠距離或多長時間」。

字母與發音

字母

母音

子音

半母音

語音知識

基礎文法與構句

最常用的分類單字

日常短句與情境會話

▶ **Dialogue 2　Acheter un billet de train**

Eliott:　Bonjour, je voudrais un billet de train de <u>première classe</u> <u>pour</u> Paris pour le 15 mars, s'il vous plaît.

> première classe 頭等車廂；
> seconde classe 二等車廂

Employé:　Oui, Monsieur, vous voulez un <u>aller simple</u> ou un <u>aller-retour</u>?

> 「pour＋地點」表示目的地；pour＋時間表示「在…時」。

Eliott:　Aller-retour, je rentre le 20 mars, et je voudrais bien le non-fumeur.

> aller simple *m.* 單程票　aller-retour *m.* 來回票

Employé:　Oui, d'accord. Ce sera 100 euros en total.

Eliott:　S'il y a une réduction pour les étudiants? Voilà ma carte d'étudiant.

Employé:　Oui, une réduction de 10%, ça fait 90 euros, s'il vous plaît.

▶ **對話 2　買車票**

艾略歐：你好，我想買一張 3 月 15 號前往巴黎的頭等車廂火車票。

職員　：好的，先生，你想要單程票還是來回票？

艾略歐：來回票。我 3 月 20 號回來，然後我想要非吸煙車廂的座位。

職員　：好的，總共是 100 歐元。

艾略歐：學生有折扣嗎？這是我的學生證。

職員　：好的，有九折的折扣，總共是 90 歐元。

文化連結

法國的大眾運輸系統非常發達，除了地鐵（métro）、區域快鐵（RER）、有軌電車（tramway）之外，也有公共單車（Vélib）等租賃服務，方便了居民和遊客的移動。

Unité
09 旅遊法國

4-09

Step 1 最常用的場景單句

1. La France accueille des millions de touristes chaque année.
法國每年有數百萬遊客入境。

* million（*m.* 百萬）與其它基數詞不同，million 後面需要用介系詞 de
引導名詞。

2. Paris est non seulement la capitale, mais aussi le centre culturel de la France. 巴黎不僅是法國的首都，還是法國的文化中心。

* non seulement... mais aussi... 表示「不僅…，而且…」。比如 Elle achète
non seulement des légumes, mais aussi des fruits de mer.（她不僅買蔬
菜，還買海鮮。）

3. Le système de transports en commun est très pratique à Paris.
巴黎的大眾運輸系統十分便利。

(類) Paris est le centre politique et culturel de la France.
巴黎是法國的政治與文化中心。

(類) Il y a pas mal de monuments modernes à Paris. 巴黎有不少現代化建築。

* transports en commun 大眾運輸

pratique *adj.* 方便的

4. Je veux prendre une photo devant la Tour Eiffel.
我想在艾菲爾鐵塔前照張相。

(類) Tu peux me prendre une photo devant la Tour Eiffel?
你可以幫我在艾菲爾鐵塔前拍張照嗎？

5. Le Louvre est célèbre pour ses œuvres d'art.
羅浮宮因其收藏的藝術品而聞名。

* être célèbre pour 表示「因…而出名」，相當於 être connu pour 的意思。比如 Ce restaurant est connu pour la cuisine française.（這家餐廳以法式料理而出名。）

6. Il y a pas mal de magasins de luxe des deux côtés des Champs-Elysées. 香榭大道兩旁有不少精品店。

* pas mal de 為數量副詞，表示「不少的」，類似的還有 beaucoup de（許多的）、un peu de（一些）等。

7. Le Sacré-Coeur est situé sur la butte Montmartre, il domine tout Paris. 聖心堂位於蒙馬特高地，在那裡可以俯瞰巴黎全貌。

答 C'est magnifique! 真是太壯觀了！

8. Nous avons besoin d'un guide.
我們需要一位導遊。

* avoir besoin de... 需要…

9. Combien de temps serons-nous en route?
我們在路上要花多久時間？

答 On arrive à la destination à midi. 我們 12 點到達目的地。

* serons 是動詞 être 針對主詞 nous 的簡單未來時變化。

10. Quel est le programme pour aujourd'hui?
今天有什麼安排？

同 Avons-nous quelque projet pour aujourd'hui? 今天有什麼規劃嗎？

答 Un tour de la ville en bus touristique, ça te dit?
搭觀光巴士環城市一周怎麼樣？

▶ **Dialogue 1   Visiter Paris**

> rêver de＋inf. 夢想做某事

Manon: Je rêve de visiter Paris, une ville avec de nombreux
monuments historiques.

> monument historique *m.* 歷史古蹟

David: Tu l'as réalisé. Notre-Dame de Paris, le Château du
Versailles, le Palais du Louvre...

Manon: On pourrait d'abord faire une visite en bateau sur la Seine.

David: Le plus important est de monter en haut de la Tour Eiffel!

Manon: En outre, il y a quelques sites modernes à ne pas rater,
comme le Centre Pompidou.

> 「定冠詞＋plus＋形容詞」表達最高級，即「最⋯的」。

David: Oui, ce sera un voyage inoubliable.

▶ **對話 1   到巴黎觀光**

馬農：我夢想著來巴黎這座擁有很多歷史古蹟的城市。

大衛：你夢想實現了。巴黎聖母院、凡爾賽宮、羅浮宮⋯

馬農：我們可以先在塞納河上搭船遊覽。

大衛：最重要的是要登上艾菲爾鐵塔！

馬農：此外，還有一些不容錯過的現代化景點，例如龐畢度中心。

大衛：是的。這將是一次讓人難忘的旅行。

文法說明

il est nécessaire 為非人稱結構，後面接介系詞 de 引導動詞不定式，表示「有必要做某事」，也可以加上 à qn. 表示「對某人來說有必要做某事」，例如 Il est nécessaire aux parents de faire attention à la santé mentale de leurs enfants.（父母們有必要關心孩子們的心理健康。）

▶ **Dialogue 2　Paris n'est pas la France**

Bruno: Pourquoi on dit que *Paris n'est pas la France*?

Didier: Beaucoup de touristes visitent seulement Paris, mais Paris ne peut pas représenter toute la France.

Bruno: C'est vrai. J'aime aussi les grandes villes comme Marseille, Lyon, Lille.

> raison *f.* 道理。avoir raison 正確

Didier: Il est nécessaire de visiter aussi les petits villages.

Bruno: Tu as raison. Quelle est la proposition?

Didier: Colmar en Alsace, Locronan en Bretagne, Annecy en Rhône-Alpes…Tu y admiras les beaux paysages différents de Paris!

> différent de 與…不同

▶ **對話 2　巴黎不是法國**

布洛諾：為什麼人們會說「巴黎不是法國」？

迪迪埃：許多遊客只到巴黎觀光，但巴黎並不能代表整個法國。

布洛諾：的確，我也喜歡馬賽、里昂、里爾這些大城市。

迪迪埃：也應該要到小村莊走走。

布洛諾：你說得對。你有什麼建議？

迪迪埃：阿爾薩斯的科爾馬，布列塔尼的洛克羅南，羅納-阿爾卑斯的安錫…你會在這些地方欣賞到與巴黎不同的美景！

文化連結

法國是世界主要旅遊目的地國之一，擁有極為豐富而獨特的旅遊資源。各地都設有旅遊服務中心（office de tourisme）向遊客提供線路、住宿、餐飲、導遊等多方面的服務。巴黎是法國的第一大旅遊城市，吸引了世界各地的遊客。橫穿巴黎的塞納河左右兩岸，集中了包括巴黎聖母院（Notre-dame de Paris）、羅浮宮（le Louvre）、艾菲爾鐵塔（la Tour Eiffel）等眾多代表性旅遊景點。

Unité

10 飯店住宿

4-10

Step 1 最常用的場景單句

1. C'est un hôtel 4 étoiles.
這是一家四星級的飯店。

2. Je voudrais réserver une chambre avec un grand lit pour le 19 juillet, pour trois nuits.
我想預訂一間有一大床的房間，7 月 19 日入住，住三晚。

答 Pour combien de personnes? 幾個人入住？

答 Pour combien de nuits? 住幾晚？

　　* 介系詞 pour 可以表示動作將持續的一段時間。

3. Je suis obligé d'annuler la réservation.
我不得不取消預訂。

　　* 「être obligé de＋動詞不定式」表示「被迫做某事」。

4. Est-il possible de changer de chambre?
能否換房間呢？

類 Est-ce que le petit-déjeuner est compris? （費用）含早餐嗎？

　　* 「il est possible de＋動詞不定式」表示「有可能做某事」。

5. Je vous souhaite un bon séjour.
祝您入住期間愉快。

類 Le garçon va monter vos bagages dans votre chambre. 服務生會把您的行李送到您房間的。

　　* souhaiter qch. à qn. 表示「祝某人…」。比如 Nous lui souhaitons un joyeux anniversaire.（我們祝他／她生日快樂。）

字母與發音

字母

母音

子音

半母音

語音知識

基礎文法與構句

最常用的分類單字

日常短句與情境會話

6. **Vous avez deux bouteilles d'eau minérales gratuites dans votre chambre.** 您的房間裡有兩瓶免費的礦泉水。

7. **Les chambres sont nettoyés tous les matins.**
房間每天早上都會打掃。

(類) Vous pouvez faire le ménage maintenant. 您現在可以打掃房間。

   * 此句為被動態結構，由助動詞 être 加上過去分詞 nettoyé 構成，強調「房間被打掃」。

8. **Le centre d'affaires est ouvert 24h sur 24.**
商務中心 24 小時開放。

   * 24h sur 24 表示「24 小時全天候服務」，類似的表達還有 7 jours sur 7，指「每日開放，無休息日」。

9. **Il faut libérer la chambre avant midi.**
中午 12 點前退房。

(類) Vous devez remettre la clé à la réception quand vous partez. 您在離開時必須把鑰匙歸還給櫃檯。

   * il faut 為非人稱結構，後接動詞不定式表示「應當做某事」。

10. **Je voudrais prolonger mon séjour.**
我想多住幾天。

(反) Je pars un jour plus tôt que prévu. 我比原定計畫早一天離開。

   * prolonger *v.t* 延長，拉長

▶ **Dialogue 1　S'enregistrer**

M. Leroy:　　　　Bonjour Madame, j'ai réservé une chambre avec vue sur la mer. J'ai réservé par Internet.

Réceptionniste:　Oui, je vais vérifier. C'est à quel nom?

M. Leroy:　　　　Leroy. Pour deux nuits.

Réceptionniste:　Je vous prie de remplir cette fiche pour l'inscription. Vous avez la chambre 402 et voici votre clé.

M. Leroy:　　　　Pourriez-vous m'aider à monter mes bagages dans ma chambre?

> moment *m.* 時刻。à tout moment 隨時

Réceptionniste:　Pas de problème. N'hésitez pas à contacter la réception <u>à tout moment</u> s'il y a un problème. Je vous souhaite un bon séjour!

> si *conj.* 如果，假使。放在 il/ils 前面時，縮寫成 s'。

▶ **對話 1　辦理入住**

樂華先生：女士您好。我預訂了一間海景房。我在網路上預訂的。

櫃台人員：好的，我確認一下，請問是以誰的名字預訂的？

樂華先生：樂華。住兩晚。

櫃台人員：請您填一下這張登記表格。您的房間是 402 號房，這是您的鑰匙。

樂華先生：你們能幫我把行李搬到我的房間嗎？

櫃台人員：沒問題。如果有什麼問題，您隨時都可以聯絡櫃台。祝您入住期間愉快！

文法說明

法語中沒有與英語「現在進行式」相對應的時態，être en train de 表示的就是「正在做某事」。比如 Nous somme en train de préparer le dîner.（我們正在準備晚飯。）

字母與發音

字母

母音

子音

半母音

語音知識

基礎文法與構句

最常用的分類單字

日常短句與情境會話

▶ **Dialogue 2　Service à l'hôtel**

Lucie:　　N'y a-t-il pas d'Internet dans la chambre?

> en panne 故障

Serveur:　Pardon. Le réseau reste en panne, on est en train de le
　　　　　réparer.

Lucie:　　Au fait, je voudrais savoir où est le restaurant. Et à quelle
　　　　　heure commence le dîner ?

> prendre 在本句中意為「搭乘…」。

Serveur:　À 18 heures. Il se trouve au troisième étage, vous pouvez
　　　　　prendre l'ascenseur au coin pour y arriver.

> au coin 在轉角

Lucie:　　Okay, merci. Et pourriez-vous me réveiller demain matin à
　　　　　7 heures et demie?

Serveur:　Pas de problème.

▶ **對話 2　飯店服務**

露西：　　房間裡面沒有網路嗎？

服務員：不好意思，今天網路有問題，正在維修中。

露西：　　順便問一下，我想知道餐廳在哪裡，然後晚餐幾點開始呢？

服務員：傍晚 6 點開始。餐廳在三樓，您可以搭位在轉角處的電梯到餐
　　　　廳。

露西：　　好的，謝謝。另外，您可以在明天早上 7:30 時叫我起床嗎？

服務員：沒問題。

文化連結

　　與國外遊客常選擇入住的星級飯店不同，法國人通常將渡假別墅視為外出旅遊的最佳入住選項。渡假別墅位處鄉村或郊區，提供一應俱全的住宿設施，經法國渡假別墅協會（Fédération des Gîtes de France）按舒適程度分為一至四級，並以麥穗為標記。在法國，無論是要度過週末，還是短租一週乃至數個月，這樣的渡假別墅都可以令到訪遊客賓至如歸。

Unité

11 醫院看病

4-11

Step 1 最常用的場景單句

---

1. Quand est-ce que le docteur peut me recevoir?
醫生什麼時候能讓我看診？

(答) Elle est disponible à partir de 13 heures. 她下午 1 點開始有時間。

　　* me 是直接受詞人稱代名詞。

---

2. Est-ce que vendredi vous conviendrait?
您週五方便嗎？

(答) Oui, ça me convient. 這時間我方便。

(類) Vous avez un dossier chez nous? 您在我們這裡有病歷嗎？

　　* vous 是間接受詞人稱代名詞；convenir à qn.表示「適合某人」。

---

3. Je voudrais repousser/reporter/remettre le rendez-vous à 16 heures. 我想把約診延到下午 4 點。

(類) Je voudrais changer l'heure de mon rendez-vous. 我想更改約診的時間。

(類) Je voudrais annuler/décommander mon rendez-vous. 我想取消約診。

---

4. Où avez-vous mal? 您哪裡疼痛？

(答) J'ai mal à la tête. 我頭疼。

　　* avoir mal 表示「覺得疼痛」，後接介系詞 à 引導疼痛的部位名詞。

---

5. J'ai de la fièvre. 我發燒了。

(類) Je suis enrhumé. 我感冒了。

(類) J'ai la grippe. 我得流感了。

(類) Je tousse. 我咳嗽。

字母與發音

字母

母音

子音

半母音

語音知識

基礎文法與構句

最常用的分類單字

日常短句與情境會話

6. Je vais prendre votre température/tension.
我來幫您量一下體溫／血壓。

(關) Je vais vous examiner. 我幫您檢查一下。

7. Je vous prescris des médicaments.
我開藥給您。

(同) Je vous fais une ordonnance. 我開處方給您。

8. Je vous conseille de rester au lit pendant deux jours.
我建議您在床上休息兩天。

* conseiller à qn. de 表示「建議某人做某事」，pendant 表示在一段時間內。

9. Pouvez-vous me préparer cette ordonnance?
您能開這個處方的藥給我嗎？

(類) Êtes-vous allergique aux antibiotiques? 您對抗生素過敏嗎？

(類) J'ai besoin d'un anti-inflammatoire. 我需要消炎藥。

(類) Je voudrais des médicaments contre le rhume. 我想要一些治感冒的藥。

* ordonnance *f.* 藥單，藥方

10. Prenez ce médicament trois fois par jour après le repas.
這藥飯後服用，一天三次。

(類) Cessez de prendre ce médicament si vous remarquez des effets secondaires.
如果有副作用，請馬上停用此藥物。

* ... fois par jour 表示「一天…次」，其中介系詞 par 用來表示頻率。

▶ **Dialogue 1　Prendre un rendez-vous chez le médecin**

Secrétaire: Cabinet dentaire, bonjour.

Nicolas: Bonjour, madame, je voudrais prendre rendez-vous avec le docteur Dupont.

Secrétaire: Monsieur, il n'est pas disponible aujourd'hui. Demain à 10 heures, cela vous convient?

Nicolas: Ce n'est pas possible un peu plus tôt? J'ai vraiment très mal aux dents.

> avoir mal à＋疼痛部位，表示「…疼痛」。

Secrétaire: Bon, il est disponible à partir de 19 heures. Est-ce que vous avez un dossier chez nous?

> à partir de
> 從…（時間）開始

Nicolas: Non, c'est ma première visite.

▶ **對話 1　掛號**

祕書：　您好，這裡是牙醫診所。

尼古拉：女士您好，我想和杜邦醫師約看診時間。

祕書：　先生，他今天時間已滿。明天上午 10 點，您方便嗎？

尼古拉：有可能早一點嗎？我牙齒痛得受不了。

祕書：　好吧，他（今天）晚上 7 點開始有時間（你可以過來）。您在我們這裡有病歷嗎？

尼古拉：沒有，我是第一次去。

文法說明

- depuis＋時間：表示「自從…」，指動作從過去的某一時間點開始，一直持續至今。
- dans＋時間：表示「在…之後」。
- nouveau（新的）是陽性單數形式，陰性單數為 nouvelle，陽性複數為 nouveaux，陰性複數為 nouvelles。放在以母音或啞音 h 開頭的陽性單數名詞前時，要寫成 nouvel。

字母與發音

字母

母音

子音

半母音

語音知識

基礎文法與構句

最常用的分類單字

日常短句與情境會話

▶ **Dialogue 2　Consulter le médecin**

Docteur:　Bonjour. Qu'est-ce que vous avez?

Joël:　Oui, je ne me sens pas bien depuis hier. J'ai mal à l'estomac.

> avoir pas de... 表示「沒有⋯」。

Docteur:　Ouvrez la bouche. Vous avez des nausées?

Joël:　Oui. Et je n'ai pas d'appétit depuis un certain temps.

Docteur:　Je vous prescris une ordonnance. Ce médicament est à prendre à jeun, prenez ce médicament 3 fois par jour. Restez au lit pendant ces jours et revenez dans deux jours pour un nouvel examen.

> à jeun *adv.* 空腹，空著肚子

Joël:　Merci beaucoup. Je ne l'oublierai pas, après tout, c'est trop douloureux.

▶ **對話 2　就醫問診**

醫生：您好，您怎麼了？

喬爾：我從昨天開始感覺不太舒服，我胃痛。

醫生：請張開嘴巴。您覺得噁心想吐嗎？

喬爾：是的，而且我已經有段時間沒什麼胃口了。

醫生：我給您開個處方，這個藥要空腹吃，一天三次。這幾天請躺在床上休息，兩天後再來檢查一次。

喬爾：非常感謝。我一定不會忘記的，畢竟這太痛苦了。

文化連結

在法國，人們一般透過電話或網路來預約家醫，然後按照約定的時間到診間。家醫診斷後會開處方或進行專科的檢查，並根據檢查結果決定是否需要專科醫生來治療。若需要，他會推薦專科醫生，於是患者會預約專科醫生申請轉院治療。

Unité
12 銀行業務

4-12

Step 1 最常用的場景單句

1. La banque ouvre de 9 heures à 17 heures.
銀行的營業時間為早上 9 點到下午 5 點。

> * 介系詞片語 de... à... 表示「從…到…」，既可表示時間概念，也可表示空間概念。比如 Il n'y a pas de métro de notre université à la gare.（從我們大學到火車站是沒有地鐵的。）

2. Quel type de compte voulez-vous ouvrir?
您想開哪一種帳戶？

> * ouvrir un compte 表示「開戶」，fermer un compte courant 表示「關閉帳戶」。

3. Avez-vous les documents nécessaires sur vous?
您有帶必要的文件嗎？

> * avoir qch. sur qn. 表示「隨身攜帶某物」，介系詞 sur 表示「在某人身上」。

4. J'ai oublié le code secret de mon compte.
我忘記我帳戶的密碼了。

5. Vous pourriez prendre de l'argent au distributeur.
您可以在提款機領錢。

（同） Vous pourriez retirer des espèces dans le distributeur. 您可以在提款機領錢。

6. Est-ce que je peux utiliser cette carte à l'étranger?
我在國外能用這張卡嗎？

字母與發音

字母

母音

子音

半母音

語音知識

基礎文法與構句

最常用的分類單字

日常短句與情境會話

7. Quel est le taux d'intérêt?
利率是多少？

答 Le taux d'intérêt annuel est de 3%. 年利率是 3%。

8. Je voudrais changer de l'argent.
我想換錢。

類 Je voudrais faire un virement. 我想轉帳。

9. Quel est le taux de change?
匯率是多少？

答 1 euro contre 1.09 dollars. 1 歐元兌換 1.09 美元。

* 介系詞 contre 在此處表示「交換」。

10. Comment remplir ce formulaire?
怎麼填寫這個表格？

*「comment＋動詞不定式」可以用於詢問「怎麼做某事」，比如
Comment régler ce problème?（如何解決這個問題？）。

11. Je voudrais ouvrir un compte, et la service de banque en ligne aussi. 我想開戶，同時也想開通網銀服務。

* 法國開戶需要提前預約（prendre un rendez-vous），備妥所需證件，由
銀行客戶經理一對一辦理。

▶ **Dialogue 1　Ouvrir un compte**

Employé:　Bonjour, madame. Quel genre de compte voulez-vous
　　　　　　ouvrir?

Anne:　Je voudrais ouvrir un compte courant.

Employé:　Avez-vous les documents nécessaires sur vous, s'il vous
　　　　　　plaît.　┈┄┈　et à propos 順便問一下

Anne:　Tenez. Et à propos, j'aimerais demander les heures
　　　　　　d'ouverture de la banque.

Employé:　De 9h à 12h, puis de 14h à 16h. Signez ici.

Anne:　OK, merci beaucoup, il n'y a rien d'autre.

▶ **對話 1　開戶**

銀行職員：女士您好。您想開什麼樣的帳戶？

安娜：　　我想開活期帳戶。

銀行職員：請問您有隨身攜帶必要的文件嗎？

安娜：　　在這，另外我還想問一下銀行的營業時間。

銀行職員：上午 9 點到中午 12 點，下午 2 點到 4 點。請在這裡簽名。

安娜：　　好的，非常感謝，沒其他事情了。

文法說明

· rien d'autre 表示「沒有其他的了」，其中 rien 作為泛指代名詞，後接形容詞
　時必須有介系詞 de 引導。

· changer A en B 表示「把 A 換成 B」。

· veuillez 是動詞 vouloir 的命令式變化。

▶ **Dialogue 2　Changer de l'argent**

Luc:　　Je voudrais demander si je peux changer 200 euros en dollars américains.

Employé:　Ok. Veuillez patienter un peu.

Luc:　　Quel est le taux de change aujourd'hui.

Employé:　1 euro contre 1.09 dollars. Vous pouvez regarder le tableau des cours de change, qui est affiché en face.

> tableau des cours de change 外匯牌告表

Luc:　　Et qu'est-ce que je dois faire si je veux retirer de l'argent ou faire un virement?

> afficher *v.t.* 張貼（此處為被動態）

Employé:　Vous pouvez aller directement au distributeur automatique.

> distributeur automatique *m.* 自動提款機

▶ **對話 2　換錢**

盧克：　　我想問是否可以幫我把 200 歐元換成美元呢？

銀行職員：可以。請耐心稍等一下。

盧克：　　今天的匯率是多少？

銀行職員：1 歐元換 1.09 美元。您可以看一下對面的外匯牌告。

盧克：　　如果我想領錢或者轉帳的話，需要做什麼呢？

銀行職員：您可以直接去自動提款機辦理。

文化連結

如果在法國長期工作、留遊學的話，就會需要去法國的銀行申請銀行卡。法國主要銀行有法國興業銀行（Société générale）、法國巴黎銀行（BNP Paribas）、里昂信貸銀行（Crédit Lyonnais LCL）和法國郵政銀行（La Banque Postale）。銀行卡的帳戶類型一般選擇儲蓄帳戶，也可以同時開通信用帳戶。

Unité
13 學校生活

Step 1 最常用的場景單句

1. Vous êtes en quelle année?
您現在幾年級？

答 Je suis en Licence 2. 我現在大學二年級。

* licence（*f.*）指學士學位，在法國一般讀三年；master（*m.*）指碩士學位，在法國一般讀兩年；doctorat（*m.*）指博士學位，法國一般讀三年。

2. Tu te spécialises dans quel domaine?
你主修什麼？

類 Il y a des cours obligatoires et des cours facultatifs. 有必修課和選修課。

類 Quels cours choisissez-vous? 您選哪些課？

* se spécialiser dans... 表示「專攻於⋯」，比如 Il se spécialise dans la chimie.（他主修化學。）

3. Vous apprenez le français depuis combien de temps?
您學法語多久了？

答 Je l'apprends depuis deux ans. 我學兩年了。

類 J'apprends le français comme seconde langue étrangère.
我把法語當作第二外語來學。

4. C'est l'heure de commencer la classe.
該上課了。

類 Pourriez-vous me donner un horaire des cours? 您可以給我一份課表嗎？

* 「C'est l'heure de＋動詞不定式」表示「是該做某事的時間了」。

5. Ouvrez votre livre à la page 100.
把書翻到 100 頁。

(類) Levez la main. 請舉手。

(類) Faites ces exercices. 請做一下這些練習。

6. Si vous avez des questions, levez la main.
如果你們有問題，請舉手。

* si 引導從屬子句。如果從屬子句用在現在時態，主句就用現在時態、未來時或是命令式，來表示將來發生的動作是可能實現的。

7. Est-ce que les résultats sont affichés?
成績公佈了嗎？

(答) Il a raté son examen. 他考試考糟了。

(答) Il a réussi dans son examen. 他考試通過了。

(答) Il a toujours de brillants résultats en littérature. 他的文學成績一直很出色。

8. Je voudrais louer un appartement au centre-ville.
我想在市中心租公寓。

(類) Nous voudrions louer une villa en banlieue. 我們想在郊區租一棟別墅。

(類) Votre studio m'intéresse beaucoup. 我對您的那間公寓套房很感興趣。

9. La chambre mesure 5 mètres sur 4.
房間長 5 米，寬 4 米。

* 介系詞 sur 表示面積的長寬比。

10. Je vais vous faire visiter cet appartement.
我帶您參觀一下這間公寓。

(類) Je vais vous faire visiter l'appartement. 我帶您參觀一下公寓。

*「faire＋動詞不定式＋à qn.」表示「讓某人做某事」。

20 分得 15 分。「得分＋sur ＋總分」表示考試成績。

▶ **Dialogue 1　Parler des études**

Paul:　Je rencontre beaucoup de difficultés dans mes études.

René:　Moi aussi, la prononciation et la conjugaison m'entêtent. Et tu as réussi ton examen?

Paul:　Oui, mais juste <u>15 sur 20</u>. Je trouve que l'on a choisi la plus difficile discipline.

se passionner pour 熱衷於

René:　Si tu <u>te passionnes pour</u> le français, tu vas progresser vite!

Paul:　D'accord. Tu as pris des notes en cours? Tu peux me les prêter?

envisager de＋inf. 打算做某事

René:　Bien sûr, j'<u>envisage</u> d'apprendre le chinois ce soir.

▶ **對話 1　談論學習**

保羅：我在學習中遇到了很多困難。

勒內：我也是。發音和動詞變化讓我頭昏眼花。那你考試通過了嗎？

保羅：過了，但滿分 20 分，我只得了 15 分。我覺得我們選了最難的學科。

勒內：如果你熱愛法語，你會進步很快的。

保羅：是啊。你在課堂上有記筆記嗎？可不可以借我看一下？

勒內：當然可以。今晚我打算學中文。

文法說明

· 動詞 voudrais 是 vouloir 的條件式現在時，表示語氣更加禮貌、委婉。

· Dialogue 2 中 J'en ai un à vous montrer. 中的 en 為代名詞，代稱不定冠詞後面的名詞（studio），不過不定冠詞 un 要保留。

字母與發音

字母

母音

子音

半母音

語音知識

基礎文法與構句

最常用的分類單字

日常短句與情境會話

▶ **Dialogue 2　Loyer un logement**

Emma:　Bonjour, je voudrais chercher un studio en banlieue.

Claire:　J'en ai un à vous montrer.

Emma:　Quelle est la surface de ce studio?

Claire:　Il mesure 25 m². C'est bien équipé et il donne sur le sud.

> donne sur＋方位，
> 表示「朝向…」。

Emma:　Le loyer est de combien par mois? Les charges sont comprises?

> par *prép.* 每…

Claire:　Oui, 700 euros par mois.

▶ **對話 2　租房**

艾瑪：　　你好，我想在郊區找間公寓套房。

克萊爾：我有一間可以帶您去看一下。

艾瑪：　　這間公寓套房面積多大？

克萊爾：大約 25 平方米。配備齊全，且面朝南。

艾瑪：　　月租多少？有包括水電費嗎？

克萊爾：有。每個月 700 歐元。

文化連結

法國的大學一般是由學生自行解決住宿的問題，學生可向有關機構申請大學宿舍，也可以在外租房。法國設有「國家大學與學業事務中心」CNOUS（Centre national des œuvres universitaires et scolaires），並在各地區設「區域大學與學業事務中心」CROUS（Centre régional des œuvres universitaires et scolaires），統一管理大學餐廳、宿舍、獎學金等學生事務。

1. Cette entreprise cherche une assistante du directeur.
這間企業在徵經理助理。

類 J'espère travailler comme secrétaire. 我希望做祕書的工作。

　* chercher 本意是「尋找」，此處表示 vouloir embaucher/engager（想要招聘）。

2. Vous devez présenter votre CV et votre lettre de motivation lors de l'entretien. 面試時您應該繳交您的履歷和動機信。

類 Ce poste m'intéresse beaucoup. 我對這職位很感興趣。

類 Je suis sûr de pouvoir mener à bien ce travail. 我確定能做好這份工作。

　* lors de 表示「在…時」「在…期間」。

3. Je suis diplômé de l'Université Lumière Lyon-II.
我畢業於里昂第二大學。

　* être diplômé de 表示「畢業於…」

4. Il s'entend bien avec ses collègues.
他和同事們關係融洽。

　* s'entendre bien avec qn. 與某人關係融洽，相處很好

5. Il est bien payé. 他薪水很高。

同 Il a un salaire décent/conséquent. 他薪資很高。

反 Son travail ne lui rapporte pas beaucoup. 他的工作沒有賺很多錢。

6. Je vais partir en mission la semaine prochaine.
我下周要出差。

* partir en mission 出差

7. Elle a demandé un congé maladie.
她請了病假。

類 Il a deux mois de congés payés par an. 他每年都有兩個月的有薪假。

* congé maladie 病假；congé de maternité 產假；congé pour affaires
personnelles 事假；congé payé 有薪假。

8. Nous allons partir en vacances le mois prochain.
我們下個月要去度假。

* prochain 表示「下一個的」，比如 dimanche prochain（下週日），la
semaine prochaine（下星期）等，是表示未來的時間副詞。

9. Mettez en ordre tous ces documents.
將這些文件按順序排好。

* en ordre 按照順序。mettre v.t. 放置；使…處於某狀態

10. Il a démissionné. 他辭職了。

同 Il a résigné ses fonctions. 他辭職了。

類 Je déteste les heures supplémentaires ! 我討厭加班！

11. Il a été licencié. 他被解雇了。

同 Il a été renvoyé. 他被解雇了。

類 Cette société a réduit le personnel. 這間公司裁員了。

▶ **Dialogue 1　Entretien d'embauche**

Directeur:　Pouvez-vous <u>vous présenter</u>?

> se présenter *v.pr.* 自我介紹

Noémi:　Je m'appelle Noémi, je <u>suis diplômé de</u> l'École normale
supérieure.

> être diplomé, -e de 從…畢業。

Directeur:　Quels sont vos points forts?

Noémi:　Je suis trilingue, je sais parler chinois, français et anglais.

Directeur:　Est-ce que vous avez de l'expérience dans ce domaine?

Noémi:　J'ai travaillé comme interprète dans une entreprise
internationale, mais ce <u>poste</u> m'intéresse plus.

> poste 在陽性時表示「崗位」，
> 在陰性時表示「郵局」。

▶ **對話 1　求職面試**

經理：　　您可以自我介紹一下嗎？

諾艾米：我叫諾艾米，畢業於高等師範學校。

經理：　　您有哪些強項？

諾艾米：我會説三種語言，會説中文、法語和英語。

經理：　　您有這方面的經驗嗎？

諾艾米：我以前在一間國際企業做翻譯的工作，但是這份職位更吸引我。

文法說明

· savoir＋動詞不定式：表示「會做某事」，一般指透過學習來掌握某項技能，比如 Elle sait tricoter.（她會織毛衣。）

· parler 表示「會說某種語言」時，語言名詞前的冠詞可省略。

· être rentré 是動詞 rentrer 的複合過去時，由助動詞 être＋過去分詞 rentré構成，此時過去分詞要和主詞的性別和數量保持一致。

▶ **Dialogue 2　Partir en mission**

Sandra:　Ce sont les billets d'avion de vous et de Alice pour Londres.

Louise:　Pourquoi il n'y a pas de billet de Paul ?

Sandra:　Paul demande un <u>congé pour affaires personnelles</u>. Il est rentré chez lui.

> congé pour affaires personnelles 事假

Louise:　Okay. Nous allons partir quand ?

Sandra:　Votre avion décolle demain à 10 heures de Roissy et vous vous retrouverez à l'aéroport à 8 heures et demie.

Louise:　D'accord, nous serons à l'heure.

▶ **對話 2　出差**

桑德拉：這是你和愛麗絲去倫敦的機票。

露易絲：為什麼沒有保羅的機票呢？

桑德拉：保羅請事假，他回家了。

露易絲：好吧。我們什麼時候出發？

桑德拉：飛機明天 10 點從戴高樂機場起飛，你們 8 點半在機場碰頭。

露易絲：好的，我們會準時到的。

文化連結

法國實行 35 小時工作制，有薪假也相對地多。法國的社會福利制度健全，對失業者的保障和培訓系統都發展成熟。隨著政府在就業措施的推動，近年法國失業率也逐步下降。

Unité
15 休閒娛樂

4-15

最常用的場景單句

1. Tu es libre ce soir?
你今晚有空嗎？

(同) Tu as du temps ce soir? 你今晚有時間嗎？

(同) Tu es disponible ce soir？ 你今晚有空嗎？

2. Quels sont vos loisirs?
您有什麼休閒嗜好嗎？

* quels 是 quel 的複數形式，需要根據名詞的單複數進行變化。

* loisir *m.* 消遣，閒暇時的活動（通常使用複數）

3. Mon emploi du temps est bien chargé.
我的行程很滿。

(同) Je suis bien occupé. 我很忙。

4. Je vais rendre visite à une amie.
我要去拜訪一位（女性）朋友。

* rendre visite à qn.表示「拜訪某人」。

5. Qu'est-ce qu'on projette en ce moment?
電影院此時放映什麼電影？

(同) Qu'est-ce qu'on passe au cinéma? 電影院放映什麼電影？

6. C'est un film de Luc Besson, avec Jean Reno.
這是一部盧貝松導演的電影，尚雷諾主演。

7. Le film est en version originale et sous-titré chinois.
電影是原版的，搭配中文字幕。

　　* version originale 指原版片，通常縮寫為 V.O.。

8. Qu'est-ce que tu fais comme sports?
你做什麼運動？

　　* comme 表示「作為」，後面接的名詞一般省略冠詞。

9. Il aime faire du tennis.
他喜歡打網球。

(類) Il aime jouer au basket-ball. 他喜歡打籃球。

(類) Elle aime pratiquer le golf. 她喜歡打高爾夫球。

　　* faire de 可以表示從事某活動，jouer à 可表示進行球類運動或棋牌類活
　　動，而 pratiquer 可表示進行某活動。

10. Elle joue du violon.
她拉小提琴。

　　* jouer de 可以表示演奏某樂器。

**11. Ça fait trois fois que je voyage en France et cette année sera
la quatrième.** 我已經去三次法國了，今年將會是第四次去。

　　* la quatrième 意為「第 4 次」，「定冠詞 la +序數詞」表示「第～
　　次」。

12. Nous avons perdu, ils ont gagné le match.
我們輸了，他們贏得了比賽。

字母與發音

字母

母音

子音

半母音

語音知識

基礎文法與構句

最常用的分類單字

日常短句與情境會話

▶ **Dialogue 1　Parler du film**

| film de fiction 虛構片 |

Léon:　　　On projette *Paris, je t'aime* au cinéma. Ce film t'a plu?

Nicolas:　　Oui, franchement, c'est un <u>film de fiction</u> à ne pas rater.

Léon:　　　Qu'est-ce que tu <u>penses</u> de scénarios?

Nicolas:　　Je les trouve émouvants, j'aime beaucoup les films de
　　　　　　　fiction qui me <u>fait</u> réfléchir.

| faire + inf. à qn. 使某人做某事 |

Léon:　　　J'en suis d'accord. Les acteurs ont bien joué, n'est-ce pas?

Nicolas:　　Si, je suis profondément touché par Juliette Binoche.

| penser *v.i.* 想，思考，考慮 |
| penser de qch./qn. 認為某人／某物如何 |

▶ **對話 1　談論電影**

萊昂：　　電影院正在上映《巴黎我愛你》。你喜歡這部電影嗎？

尼古拉：喜歡，老實講，這是一部不容錯過的虛構片。

萊昂：　　你認為電影情節怎麼樣？

尼古拉：我覺得很感人，我很喜歡能讓我反思的虛構片。

萊昂：　　我同意。演員們演得也很好，不是嗎？

尼古拉：是呀，我深受茱麗葉 · 畢諾許感動。

文法說明

・trouver qch.＋形容詞：表示「覺得某物如何」，形容詞要與前面的名詞保持性別數量的一致。

・n'est-ce pas 為反問句，用於句末，表示反問「不是嗎？」。

・toutes les semaines 表示「每週」，類似的表達 tous les soirs 表示「每晚」，tous les jours 表示「每天」。

・介系詞 par 可用來表示頻率，意為「每～」。

字母與發音

字母

母音

子音

半母音

語音知識

基礎文法與構句

最常用的分類單字

日常短句與情境會話

▶ **Dialogue 2　Pratiquer du sport**

André:　Qu'est-ce que tu pratiques comme sports?

Barré:　Je fais souvent de la course en écoutant la musique et je fais quelquefois du yoga.

André:　La course et le yoga nous aident à perdre du poids et à <u>rester en forme</u>. - `rester en forme 保持精神狀態良好`

Barré:　Effectivement. Et tu joues au basket-ball toutes les semaines ?

André:　Trois ou quatre fois par semaine.

Barré:　Quel beau temps! Jouons au basket-ball ensemble!

▶ **對話 2　做運動**

安德列：你做什麼運動？

巴　爾：　我經常一邊聽音樂　邊跑步，有時候做瑜伽。

安德列：跑步和瑜伽都可以幫助我們減肥並保持健康。

巴　爾：　的確。你每週都會打籃球嗎？

安德列：一週三到四次。

巴　爾：　多棒的天氣啊！我們一起打籃球吧！

文化連結

法國人的休閒娛樂方式動靜結合：他們喜歡聽音樂、看電視、讀書，也喜歡和家人、朋友一起騎車、遠足、滑雪。年輕人喜歡看電影、玩電玩或上網聊天，也喜歡網球、足球、舞蹈、健身等運動。

16 尋求協助

4-16

Step 1 最常用的場景單句

1. Qu'est-ce qui vous est arrivé?
您發生什麼事了？

(同) Qu'est-ce qui s'est passé? 怎麼了？

2. Je peux vous aider?
我能幫助您嗎？

(同) Je peux vous renseigner? 要我來幫幫您嗎？

3. Pourriez-vous m'aider?
您能幫助我嗎？

(同) Pourriez-vous me rendre un service? 您能幫我個忙嗎？

4. Pourriez-vous me rendre un service?
您能幫我個忙嗎？

(同) Pourriez-vous me donner un coup de main? 您能幫我一把嗎？

(答) Désolé, je ne peux pas vous aider. 很抱歉，我不能幫您。

5. Cela me rendrait vraiment service.
這可真是幫了我一個忙。

(類) C'est très gentil à vous. 您真是太好了。

(類) C'est très aimable de votre part. 您真是好心。

6. Ce n'est pas la peine, merci.
謝謝，不麻煩您了。

(類) Merci, je vais m'arranger. 謝謝，我可以自己解決。

7. Si cela peut vous rendre service.
願意為您效勞。

(同) Bien sûr. 當然可以。

(同) Avec plaisir. 樂意效勞。

(同) Tu peux compter sur moi. 包在我身上。（你可以把事情交給我。）

8. Désolé, mais je ne peux pas.
抱歉，我無法。

(同) Je regrette. 抱歉。

9. Puis-je utiliser votre téléphone portable pour passer un appel?
能借用您的手機打個電話嗎？

(類) Puis-je emprunter votre portable pour consulter mon itinéraire?

能借用您的手機查一下路線嗎？

　　* passer un appel 打電話

10. Si tu as besoin de quelque chose, n'hésite pas à me le dire.
如果你需要什麼，儘管跟我說就行了。

　　* hésiter *v.i.* 猶豫

11. Zut, on m'a volé mon portable.
哎呀，我的手機被偷了。

　　* voler *v.t.* 偷；voler qch. à qn. 某人的…被偷

12. Excusez-moi, puis-je emprunter vos toilettes?
不好意思，我可以借用一下洗手間嗎？

　　* excusez-moi 用於請求他人幫助時，意為「不好意思」。

字母與發音

字母

母音

子音

半母音

語音知識

基礎文法與構句

最常用的分類單字

日常短句與情境會話

demander un service à qn. 請求某人幫忙

▶ **Dialogue 1　Demander de l'aide**

Amandine:　　　Excusez-moi, monsieur, j'ai <u>un service à vous demander</u>.

Le 1e passant: Désolé, je n'ai pas le temps.

Amandine:　　　Monsieur, s'il vous plaît, j'ai besoin d'aide!

Le 2e passant: Je regrette. Je suis pressé. Je ne peux pas vous aider.

Le 3e passant: Qu'est-ce qui s'est passé? Je peux vous aider?

Amandine:　　　Merci, monsieur, mon pneu est crevé.

▶ **對話 1　尋求協助**

阿芒迪娜：先生，不好意思，我想請您幫我一個忙。

路人 1：　抱歉，我沒時間。

阿芒迪娜：先生，麻煩您，我需要協助！

路人 2：　抱歉，我很忙。我恐怕沒辦法幫您。

路人 3：　發生什麼事了？我能幫您嗎？

阿芒迪娜：謝謝，先生，我的車爆胎了。

文法說明

- avoir l'air＋形容詞：在 Dialogue 2 的這句裡表示「某人看起來…」，形容詞需要與主詞保持性別數量一致。
- arriver à faire：表示「能夠做某事」。
- n'hésite pas 是否定命令式。請注意，如否定命令式句中出現反身代名詞時，代名詞的位置和直陳式一樣，放在動詞前。如 Ne t'inquiète pas.（別擔心）中的 t'。

> tiens 的動詞原形是 tenir，tiens 或 tenez 表示「給」，是提醒對方注意的用語。

▶ **Dialogue 2　Accepter de rendre service**

César:　Qu'est-ce que tu fais là-bas? Tu as l'air nerveuse.

Zoé:　Je n'arrive pas à trouver mon dictionnaire. Peux-tu me le prêter?

César:　Tiens! N'hésite pas à me le dire, si tu as besoin de quelque chose.

Zoé:　Merci, et puis, j'ai du mal à comprendre ce texte, tu peux m'aider?

> donner un coup de main à qn 幫某人忙

César:　Volontiers, je te donne un coup de main!

Zoé:　Tu m'a beaucoup aidée dans mes études.

▶ **對話 2　給予幫助**

賽薩爾：你在那邊做什麼呢？你看起來有點炻躁。

佐伊：　我找不到我的字典。你能借我用一下嗎？

賽薩爾：這裡，拿去吧！如果你有需要什麼，儘管跟我說就行了。

佐伊：　謝謝。還有，我不懂這篇文章，你可以幫我嗎？

賽薩爾：樂意效勞，我來幫你看看。

佐伊：　你在我的學習上真的幫我很多。

文化連結

在法國遇到緊急情況時，以下五個重要電話號碼一定要記牢：

- 救護車：15，如需要立即醫療救助，致電緊急醫療協助系統（SAMU）。
- 員警：17，如遇暴力或襲擊、盜竊、扒竊或搶劫，致電員警。
- 消防員：18，如遇火災、氣體外洩、建築物倒塌、觸電、道路事故等，致電消防部門（Sapeurs Pompiers）。
- 歐洲通用緊急救難電話號碼：112。法語、英語和 30 多種其他語言的接線員全天候為您提供服務。
- 醫療救助：116/117，如在休息日需要因流感或發燒等輕症求醫，致電 116/117 可請醫生到您所在的地點問診。

MEMO

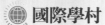 

自學、教學都適用！基礎學習＋文法＋會話，
你想要的法語學習教材，盡在國際學村！

最好學的法語入門書

(隨書附重點文法手冊＋MP3)

從法語字母、發音開始教起，每個發音都附有學習音檔，沒基礎也能學！大量表格、插圖輔助學習！內容最實用！簡明易懂！輕鬆了解法語文法！以有趣、幽默的圖畫解說法國文化，法語怎麼學都不無聊！

作者：朴鎮亨

一次搞懂有性別的語言！
輕鬆圖解一看就懂的法語文法入門書

(附MP3)

史上第一本，圖解＋表格＋用國中生也懂的解說方式，讓你輕鬆搞懂法語，就像喝下午茶一樣悠閒，聊著聊著，自然開口說法語。一次搞懂有性別的語言！

作者：清岡智比古

100%原汁原味來自法國！
專為華人設計的法語學習書

(附MP3)

全方位收錄生活中真正用得到的對話，旅遊、留學、職場、度假打工、購物、交友等需求全都包！40個主題：60個簡短對話＋30個進階場景會話，用來自學、教學、在當地生活通通都可以。

作者：Sarah Auda

適合大家的法語初級文法課本，
基本發音、基本詞性、全文法應用全備！
(附MP3)

58堂邏輯連貫、有系統的文法精華課程，「概念相互連貫」及「套用句型」的課程設計，讓學習前後串連，在短時間內掌握複雜的法語文法！

作者：王柔惠

照片單字全部收錄！
全場景1500張實境圖解
(附MP3)

全國第一本「實境式全圖解」法語單字書！來自法國真實生活，以實地及多年經驗研製，更勝一般憑空想像的模擬學習。從居家到戶外、從飲食到烹飪、從旅遊到購物，食衣住行育樂樣樣全包！

作者：Sarah Auda

專為華人設計，
真正搞懂法語構造的解剖書
(附中、法文雙索引查詢)

史上最完整、最詳細、品質最好，從初級～高級都適用，可搭配任何教材！專為華人設計，真正搞懂法語構造的解剖書。
「清楚易懂」＋「表格式解說」，一次釐清法語文法構成的要素，聽說讀寫從此不出錯。

作者：六鹿豐

台灣廣廈 國際出版集團
Taiwan Mansion International Group

國家圖書館出版品預行編目（CIP）資料

全新!自學法語看完這本就能說/彭璐琪著.
-- 初版. -- 新北市：語研學院出版社, 2023.06
　　面；　公分
　　ISBN 978-626-97244-4-4(平裝)

1.CST: 法語 2.CST: 讀本

804.58　　　　　　　　　　　　　　　112006483

全新!自學法語看完這本就能說

作　　　者／彭璐琪		編輯中心編輯長／伍峻宏	
		編輯／古竣元	
		封面設計／林珈仔・內頁排版／菩薩蠻數位文化有限公司	
		製版・印刷・裝訂／東豪・弼聖・秉成	

行企研發中心總監／陳冠蒨　　　　線上學習中心總監／陳冠蒨
媒體公關組／陳柔彣　　　　　　　數位營運組／顏佑婷
綜合業務組／何欣穎　　　　　　　企製開發組／江季珊

發　行　人／江媛珍
法律顧問／第一國際法律事務所 余淑杏律師・北辰著作權事務所 蕭雄淋律師
出　　　版／語研學院
發　　　行／台灣廣廈有聲圖書有限公司
　　　　　　地址：新北市235中和區中山路二段359巷7號2樓
　　　　　　電話：（886）2-2225-5777・傳真：（886）2-2225-8052
讀者服務信箱／cs@booknews.com.tw

代理印務・全球總經銷／知遠文化事業有限公司
　　　　　　地址：新北市222深坑區北深路三段155巷25號5樓
　　　　　　電話：（886）2-2664-8800・傳真：（886）2-2664-8801
郵政劃撥／劃撥帳號：18836722
　　　　　　劃撥戶名：知遠文化事業有限公司（※單次購書金額未達1000元，請另付70元郵資。）

■出版日期：2023年06月　　　　ISBN：978-626-97244-4-4